KB045927

S랭크 모험가인
심각한 내 딸들은 파더콤이었습니다

1

처녀・안나

———호숫가에서

엘자는 스커트 끝자락을 손으로 누르면서 안절부절못하고 있었다. 이쪽을 귀엽게 쳐다보면서 조심스럽게 질문했다.

"이, 이상하지 않아요......?"

장녀・엘자

삼녀・메릴

CONTENTS

Illustration 노조미 츠바메

제1화

나——카이젤 클라이드는 모험가였다.

열네 살에 처음으로 모험가 면허를 땄을 때부터 두각을 드러냈고, 역대 사상 최고의 속도로 A랭크 모험가가 되었다.

검을 쓰면 검성(劍聖)이란 소리를 들었고, 마법을 쓰면 현자라고 불렸다.

모험가 길드 창립 이래 최고의 신동.

그것이 나에 대한 주변 사람들의 평가였다.

그러나 나는 주위의 상찬을 받고 자만하지는 않았다. 내 목표는 오로지 S랭크 모험가가 되는 것이었으므로.

날마다 온종일 검술과 마법 훈련을 하면서 임무를 수행했다.

카이젤은 언젠가 S랭크 모험가가 될 것이다. 모든 사람이 그렇게 믿어 의심치 않았다. 다른 누구도 아닌 나 자신도 마찬가지였다.

그러나——.

열일곱 살의 어느 날, 나는 모든 것을 잃어버렸다.

그것은 A랭크 임무를 수행하러 갔을 때의 일이었다.

화산에 서식하는 와이번을 토벌하는 임무.

산기슭의 마을에서 그 화산으로 올라간 나는 무사히 와이번을 토벌했다. 실은 거기서 '임무 달성'으로 이야기가 끝났어야 했다.

그러나——예상이이 사건이 발생했다.

나와 와이번의 치열한 전투에 의해, 깊숙한 화산 속에 잠들어 있던 에인션트 드래곤이 눈을 떠버린 것이다.

드래곤은 재해와도 같은 마물——S랭크 수준이었다.

그놈은 우렁차게 포효하면서 화산에서 날아올랐다. 그리고 산기슭의 마을로 날아갔다.

큰일 났다——그렇게 판단한 나는 서둘러 마을로 돌아갔지만, 그때는 이미 늦어버렸다.

수없이 많은 죽음이 내 눈앞에 펼쳐졌다.

마을 하나가 통째로 괴멸된 것이다.

건물도, 사람도, 대지도 전부 다 유린당했다.

여기저기서 시커먼 연기가 피어올랐다.

살이 타버린 시체의 냄새가 코를 찔렀다.

뇌리에 들러붙어 떨어지지 않을 정도로 농밀한 탄내.

콧구멍 속으로 들어온 시체 냄새 때문에, 내장 속 내용물이 울컥 올라올 것만 같았다.

에인션트 드래곤은 불타버린 마을의 잔해 속에서 포효하고 있었다.

그리고 어느새 나는 그 끔찍한 거구를 향해 돌진하고 있었다.

꼬박 하루 동안 사투를 벌인 끝에, 에인션트 드래곤은 물러갔다.

나는 패배하지는 않았지만, 그놈의 숨통을 끊지도 못했다.

추격할 만한 기력은 더 남아 있지 않았다.

"이봐! 이봐, 아무도 없어?!"

나는 사람들이 다 사라져버린 마을에서 소리를 질렀다.

눈에 보이는 모든 곳에서 한때 인간이었던 것의 시체가 눈에 띄었다.

검은 숯덩이로 변해버린 시체.

마을 사람들은 전부 죽고 말았다.

기분 좋게 나를 맞이해줬던 촌장님도, 밤새도록 함께 술을 마셨던 근육질 목수도, 나를 좋아했던 여관의 예쁜 종업원도.

모두 불에 타 죽었다.

"이럴 수가……."

나는 절망하여 털썩 무릎을 꿇었다.

전부 다 내 탓이었다.

와이번을 좀 더 신속하게 해치울 수 있었더라면. 잠자던 에인션트 드래곤을 깨우지 않았을 텐데.

이게 무슨 A랭크 모험가냐.

이게 무슨 검성이냐. 현자냐. 신동이냐.

지켜야 할 사람을 지키지 못한다면, 지위나 명예 따윈 아무런 의미도 없다.

나는 도대체 무엇을 위해, 모험가가──.

시커먼 절망이 나를 집어삼키려고 했다. 그런데 그 직전에.

"으아아앙!"

──어디선가 소리가 들렸다.

그것은 죽음의 냄새가 나는 바람을 타고 여기까지 닿았다.

나는 깜짝 놀라 일어났다. 그 소리가 나는 방향을 향해서 걷기 시작했다.

뛰기 시작했다.

간절한 심정으로. 소리가 나는 곳으로 갔다.

그 소리와의 거리가 점점 가까워졌다.

──저 건물의 잔해에서 소리가 들려왔다.

나는 발치에 널려 있는 잔해들을 헤치고 나아갔다.

제발.

제발 살아 있어 다오.

그렇게 빌면서.

손가락이 상처투성이가 될 정도로 열심히 잔해를 헤집었는데──그때 겹쳐진 잔해 아래의 틈새에서 귀여운 아기의 모습이 언뜻 보였다.

그것도 하나가 아니었다. 셋이었다.

"""응애애!"""

다들 얼굴을 찡그리며 울고 있었다.

불안과 공포에 떨면서.

목청이 찢어져라 소리 높여 울고 있었다.

하지만 그것은──.

이 아이들이 살아 있다는 증거이기도 했다.

"아아. 다행이다. 정말, 다행이야……."

나는 세 아기를 들어 올려 꼭 끌어안았다.

이 아이들의 불안과 공포를 이 한 몸으로 받아주려는 것처럼.

모두가 죽었다고 생각했다.

그러나 내가 지켜낸 생명도 있었다.

"너희는 내가 책임지고 키워줄게. 세상을 떠난 이 마을 사람들의 몫까지, 꼭 행복하게 해줄게……!"

그날 나는 구하지 못했던 마을 사람들에게 맹세했다.

이 아이들은 내가 반드시 멋지게 키우겠다고.

그리고 구하지 못했던 사람들의 몫까지 행복해지게 해주겠다고.

임무를 마치고 돌아온 후, 내 인생은 크게 달라졌다.

좋은 방향이 아니라 나쁜 방향으로.

와이번 토벌 임무는 성공했지만, 나 때문에 깨어난 에인션트 드래곤이 한 마을을 파괴했으므로 나는 모든 사람의 비난을 받았다.

그동안 나를 찬양해줬던 사람들도 손바닥 뒤집듯이 태도를 바꿨다. 나는 마치 범죄자 같은 취급을 당하게 되었다.

"저 녀석, 언젠가는 이렇게 될 줄 알았어! 신동이란 소리를 듣고 신나서 우쭐거리더니!"

"A랭크 모험가 좋아하네. 마을 하나를 통째로 괴멸시킨 주제에! 당장 저놈의 모험가 면허를 박탈해야 해!"

"아직 그 드래곤은 토벌되지 않았다며? 저놈을 산 제물로 바쳐서 드래곤을 불러내면 되는 거 아냐?"

모든 사람이 나에게 신랄한 말을 퍼부었다.

그러나 나는 반론할 생각도 하지 않았다. 그들의 말이 매몰차기는 해도, 내가 마을 사람들을 죽인 것은 사실이었으므로.

그리고——.

나는 모험가 업계에서 은퇴하게 되었다.

길드의 여자 접수원은 열심히 나를 붙잡아줬지만, 나는 내가 거두어들인 아기들의 곁에 있어 줘야 한다는 이유로 고사했다.

"그런가요……. 카이젤 씨, 당신은 아무것도 잘못하지 않았어요. 당신은 그저 그곳에서 최선의 행동을 했을 뿐이에요."

"……고맙습니다."

나를 위로해주는 것이리라.

나는 고개 숙여 인사하고 모험가 길드를 떠났다.

문이 닫혔다.

S랭크 모험가가 되겠다는 오랜 꿈의 길이 막히는 소리가 났다.

열일곱 살이었던 나는 이날, 세 여자아이의 아버지가 되었다. 이 아이들을 훌륭한 어른으로 키우기 위해 내 목숨을 바치기로 결심했다.

제2화

왕도에서 쫓겨난 나는 고향 유즈하 마을로 돌아왔다.

내가 태어나고 자란 마을. 그리고 모험가가 되기 위해 떠났던 장소.

부모님은 내가 어렸을 때 돌아가셨지만, 그 집은 아직 남아 있었다.

마을 사람들은 언젠가 내가 돌아올 때를 대비해서 이따금 집 청소도 해주었다. 그 덕분에 순조롭게 거기서 생활할 수 있게 되었다.

모험가의 꿈을 포기하고 돌아온 나. 마을 사람들은 그런 나를 기꺼이 환영해줬다.

그런데 아기를 셋이나 데리고 돌아온 것에 대해서는 깜짝 놀랐다. 나는 마을 사람들에게는 그 아이들의 사정을 숨김없이 다 털어놨다.

그리고 10년 후——.

내가 거두어들인 딸들은 열 살이 되었다.

"이얍!"

은발 소녀——엘자가 나를 향해 목검을 휘둘렀다.

세 자매 중 첫째인 엘자는 늠름한 소녀였다.

같은 또래 아이들보다도 큰 키. 특히 엘자의 칼놀림은, 아무리 봐두 열 살 난 아이라는 것이 믿어지지 않을 정도로 날카롭고 강

15

력했다.

──그래도 아직은 어린아이였지만.

나는 엘자의 일격을 목검으로 쉽게 막아냈다.

"얍, 야압!"

엘자는 기합 소리를 내면서 공격을 계속했다.

실패에 연연하지 않는 것이 엘자의 장점이었다.

나는 이쪽으로 파고드는 엘자의 일격을 피하고, 오른발로 상대의 발을 걸었다. 그러자 엘자는 균형을 잃더니 몸이 앞으로 확 쏠렸다.

"아앗. 앗. 앗."

엘자는 한 발로 콩콩 뛰면서 균형을 잡으려고 했다.

나는 그 머리를──딱 하고.

목검 끄트머리로 부드럽게 두드렸다.

그것이 결정타였다. 엘자는 털퍼덕하고 바닥에 넘어져 버렸다. 엉덩이를 이쪽으로 쑥 내민 꼴사나운 자세로.

"아야……" 하고 엘자가 자기 머리를 감싸 쥐었다.

"시합 끝."

나는 싱긋 미소를 지었다.

"윽……. 역시 아버님은 굉장하세요. 이번에도 한 번도 검을 명중시키지 못했네요. 오늘은 꼭 해내야지 하고 다짐했는데……."

"아직은 사랑하는 딸한테 한 대 맞을 수 없거든."

아무리 모험가로서 은퇴했어도, 여전히 훈련은 꾸준히 하고 있었다.

열 살 난 딸한테 한 대 맞기에는 너무 일렀다.

"그런데 엘자, 너도 충분히 잘하고 있어. 저번보다 칼놀림이 좋아졌어. 이대로 가면 엄청난 검사가 될 수 있을지도 몰라."

"저도 아빠…… 아니. 아버님 같은 검사가 될 수 있을까요?"

"그럼. 틀림없이 될 거야."

나는 엘자의 은빛 머리카락을 다정하게 쓰다듬었다.

"그리고 나를 부를 때는 애써 격식 차릴 필요 없단다. 그냥 편하게 아빠라고 불러도 돼, 알았지?"

"──!"

엘자는 살짝 뺨을 붉혔다.

그리고 옷자락을 꼭 붙잡으면서 허세 부리듯이 말했다.

"……그, 그럴 수는 없습니다. 저는 검사니까요. 연약함을 멀리하고, 열심히 검술 훈련을 해야 합니다. 안 그러면 일류 검사가 될 수 없어요."

"아빠라는 호칭은 연약한 거야?"

"네. 아빠라고 부르거나, 디저트를 먹는 것은 연약한 행위입니다. 검사는 언제나 금욕적이어야 해요!"

엘자의 마음속에는 이미 자기 나름의 이상적인 검사의 이미지가 있나 보다. 아마도 집에 있는 검사의 영웅담을 읽고 영향을 받은 것이리라.

"그렇구나. 유감이야. 오늘 간식은 애플파이인데. 연약한을 ᇰ

17

납할 수 없다면, 그건 먹지도 못하겠네?"

"——파, 파이요?!"

엘자는 깜짝 놀라면서 눈을 반짝였다. 먹고 싶다는 표정을 짓더니, 양손 집게손가락 끝을 붙였다 뗐다 하면서 중얼거렸다.

"……오늘 저는, 조금만 연약해질 거예요."

엘자는 자기 자신에게 너그러운 편이었다.

나는 쓴웃음을 지었다. 그리고 엘자의 손을 잡아끌면서 걸음을 뗐다.

그 작은 손바닥에는 물집이 잡혀 있었다. 검을 쥐어서 생긴 것이었다.

이 아이——엘자는 세 자매 중에서 검에 관심을 가진 아이였다.

내가 우리 집 마당에서 검 휘두르는 연습을 하고 있는데, 엘자가 반짝반짝 눈을 빛내면서 그 광경을 지켜봤다. 그래서 내가 보란 듯이 검을 휘둘러주자 그녀는 꺄하하! 하고 손뼉을 치며 기뻐했었다.

밤에 울면서 칭얼거릴 때도, 목검을 주면 얌전해졌다.

갓난아기 시절에도 또 열 살이 된 지금도, 엘자는 잘 때 반드시 내가 사용하는 목검을 끌어안고 잠을 잤다.

그러면 마음이 편안해지는 것 같았다.

"저도 나중에 자라서 아버님 같은 모험가가 되고 싶어요."

엘자가 기세등등하게 내 앞에서 그렇게 선언했다.

우리 딸들은 내가 모험가였다는 사실을 알고 있다.

마을 사람들이 이야기해줬기 때문이다.

카이젤은 이 마을에서 제일가는 검사이고, 또 모험가가 된 다음에도 사상 최연소 A랭크 모험가 자리에 오른 천재였다고.

다소 심하게 각색된 부분은 있는데…….

그 이야기를 들은 엘자는 모험가를 동경하게 되었다.

나로선 복잡한 심경이었다.

부모로서는 딸이 위험한 모험가가 되기를 바라지 않았다.

엘자에게 혹시라도 무슨 일이 생긴다면——.

"……아냐, 이건 부모의 이기심이야."

나는 고개를 옆으로 흔들어 그 생각을 머리에서 떨쳐냈다.

엘자의 인생을 정하는 것은 내가 아니다. 엘자 본인이다.

엘자가 검사, 모험가가 되고 싶어 한다면. 그걸 막을 이유는 없다. 그것은 부모의 이기적인 욕심을 강요하는 짓에 불과하다.

그렇다면——.

조금이라도 더 강해질 수 있도록 검술 지도를 해주자. 검사로서, 자기 자신과 소중한 사람을 지킬 만한 실력을 기르도록.

그것이 내가 부모로서 엘자에게 해줄 수 있는 일이다.

제3화

엘자와 함께 집으로 돌아가는 도중에.

"으아아악!"

맞은편에서 작업복을 입은 남자가 뛰어오는 것이 보였다.

창백한 얼굴.

비명을 지르고 숨을 헉헉 몰아쉬면서, 뭔가에 쫓겨 도망치듯이 움직이고 있었다.

뭐야, 카무르잖아. 왜 저래? 저렇게 겁에 질린 얼굴로……. 설마 마물이 마을에 나타나서 쫓기고 있는 건가?

나는 경계했다. 그런데 카무르를 추격하듯이 달려온 것은 마물이 아니었다. 세 자매 중 둘째인 안나였다.

땋은 머리를 왼쪽 어깨 앞으로 늘어뜨린 모습이었다.

이 소녀를 본 사람들은 틀림없이 이렇게 생각할 것이다. '귀엽지만 고집이 세 보인다'라고. 그만큼 야무지게 생긴 아이였다.

30대 인부가 열 살 난 여자아이한테서 필사적으로 도망치고 있었다.

마치 마물에게 쫓기는 것처럼.

그 광경은 왠지 묘하게 우스꽝스러웠다.

"아빠! 카무르 아저씨 좀 붙잡아줘!"

"응? 어, 그래."

나는 딸의 요청을 받고 인부──카무르의 앞을 막아섰다.

"거, 거기서 비켜! 카이젤!"

"그건 안 돼. 우리 딸이 부탁했거든. 미안하지만 그만 포기해!"

나는 카무르에게 태클을 걸어서 그를 길바닥에 쓰러뜨렸다.

"——끄억!"

"아빠, 최고야!"

안나는 손가락을 딱 튕기더니 부지런히 내 옆으로 뛰어왔다.

"그런데 카무르는 왜 도망친 거야?"

"응? 그거야 뭐. 이 사람이 근무 시간인데도 몰래 술 마시면서 농땡이 치고 있었으니까. 그래서 따끔하게 혼내주려고 한 거야."

"아니, 어쩔 수 없잖아?! 가끔은 좀 휴식도 하면서 살고 싶다고!"

"휴식은 근무 시간 외에 하면 되잖아. 그걸 위해서 탄광의 작업 시간을 주 5일, 아침 여덟 시부터 저녁 다섯 시까지로 설정해놓은 거니까."

"우리는 마음 내킬 때 일하고, 마음 내킬 때 퇴근하고 싶어! 규칙적인 생활은 체질에 안 맞아!"

"그러면 효율이 안 나오잖아. 일할 때는 제대로 일한다. 쉴 때는 쉰다. 그렇게 완급 조절을 잘하는 것이 중요해."

안나는 허리에 손을 대고 카무르를 내려다보면서 이야기했다.

"애초에——당신이 우리 아빠만큼 일할 수 있다면 주 2일, 세 시간만 노동해도 지금과 같은 이익을 얻을 수 있을걸?"

"말도 안 되는 소리 하지 마! 카이젤의 마력이면 족히 인부 100 명분은 된다고?!"

"그렇지? 우리 아빠만큼 능력이 있어야지만 비로소 푸념할 자격이 생기는 거야. 당신은 주 5일, 40시간 동안 열심히 일해야 해."

"꼬, 꼬맹이 주제에 우리 일에 참견하지 마!"

"흐음, 그래? 그런데 그 꼬맹이가 당신들 일에 참견하기 시작한 다음부터, 탄광의 이익이 사상 최고를 기록했잖아?"

"윽……!"

"사실 난 상관없거든? 현장감독을 그만둬도. 원래 부탁받아서 하게 된 일이고. 물론 당신의 보스랑 부인한테는 보고할 거지만."

"제, 제발 그것만은!"

카무르는 당황한 것처럼 외쳤다.

"우리 보스와 마누라는 너를 철석같이 믿고 있단 말이야! 네가 고자질하면, 나는 직장에서도 집에서도 설 자리를 잃어버릴 거야!"

카무르는 바닥에 무릎 꿇고 안나의 다리에 매달리면서 애원했다.

30대 아저씨가 열 살 난 여자아이에게 용서해 달라고 빈다.

그것은 엄청난 장면이었다.

"웅, 그럼 군말 말고 일해. 알았지?"

"아, 알았어……."

"좋아. 알았으면 당장 현장으로 돌아가, 빨리. 서두르지 않으면 귀중한 점심시간이 다 끝나버릴걸?"

"제, 제기랄! 빌어먹을 노동……."

카무르는 그렇게 한 마디 탁 내뱉더니 탄광 쪽으로 뛰어갔다.

그 뒷모습을 지켜보면서 안나는 한숨을 푹 내쉬었다.

"휴…… 어른은 모두 다 아빠처럼 착실한 줄 알았는데. 실제로는 어른의 탈을 쓴 어린애들밖에 없다니까. 조금만 응석을 받아주면 떼를 쓰고, 농땡이 치고, 변명이나 늘어놓고. 정말이지 조금도 믿음이 안 가는 인간들이야."

그것은 열 살이란 나이가 믿어지지 않을 정도로 달관한 말투였다.

평범한 어른들보다도 훨씬 더 차분했다.

"매일매일 고생이 많은 것 같구나. 탄광의 현장감독으로도 일하고, 저번에 온 태풍 때문에 마을에 생긴 피해도 복구하고. 요새는 또 술집 경영에도 참여하고 있다면서?"

둘째 딸 안나는 경영 및 인력 운용 능력이 뛰어난 아이였다.

안나가 관여함으로써 이익이 갑절로 늘어난 사업은 수도 없이 많았고, 갈등이 생겨도 안나가 중재해주면 즉시 문제가 해결되었다.

게다가 안나는 나이 많은 사람들에게 사랑받는 타입이었다.

탄광의 보스라든가, 촌장님이라든가, 술집 주인이라든가. 나이 많은 사람의 마음을 사로잡는 능력이 탁월했다.

엘자와는 또 다른 방면에서 전도유망한 아이였다.

"그쪽의 부탁을 받아서 도와주는 거야. 이것저것 잔뜩 경험해두면, 나중에 길드에 들어갔을 때 도움이 될 테니까."

"안나, 넌 길드 마스터가 되는 것이 꿈이랬지?"

"엘자가 모험가가 되고 싶다고 하니까. 얘는 검술 말고는 잘하는 게 없잖아? 그러니까 내가 매니지먼트를 해줄 거야."

"저, 저는 검술 말고 다른 일도 잘해요!" 하고 엘자가 반론했다.

"아~ 그래? 그럼 가계가 정확히 어떤지는 파악하고 있어? 한 달에 수입이 얼마나 있어야 생계를 꾸릴 수 있는지 알아?"

"…………."

엘자의 눈이 동그래졌다.

푸시식~ 하고 과열된 머리에서 연기가 나오는 것 같았다.

"저, 저는, 계산에는 좀 약해요."

"거봐."

안나는 의기양양하게 미소를 지었다.

"그리고 또 아빠 같은 모험가들을 도와주고 싶다는 마음도 있거든. 그래서 길드 마스터란 직업이 제일 좋을 것 같아."

나는 알고 있었다.

안나는 길드 마스터가 된다는 목표를 달성하기 위해 'ㅇㅇ살까지는 이렇게 된다'는 꿈 노트를 작성하고 있었다.

매년 구체적인 목표를 설정해놓는 것이다.

그리고 그것을 하루 단위로 잘게 쪼갰다.

그 정도로 철저하게 하고 있으므로, 안나의 꿈은 틀림없이 이루어질 것이다.

"아빠, 엘자. 지금 집에 가는 거야?"

"응. 가서 애플파이를 구울 거야."

"애플파이! 아빠가 직접 만드는 거야?"

"당연하지. 최선을 다해 만들어볼게."

"와, 너무 좋다! 나도 같이 갈래!"

"일은 안 해도 돼?"

"아빠의 애플파이보다 더 중요한 일은 하나도 없는걸."

안나는 노래하듯이 그렇게 말하더니 나하고 팔짱을 꼈다.

방금까지 보여주었던 어른스러운 태도는 싹 사라지고, 마음껏 어리광을 부리기 시작했다. ……이런 점에서는 아직 열 살밖에 안 된 순진무구한 어린아이 같았다.

나는 엘자와 안나를 데리고 집으로 향했다.

제4화

우리 집으로 돌아왔다.

초가지붕을 덮은 외딴집. 나무 울타리로 둘러싸인 조그만 밭이 옆에 있고, 잘 익은 황금색 밀이 바람을 받아 물결치고 있었다.

현관문을 열고 집 안으로 들어갔다.

거실은 조용했다.

"아버님. 메릴이 안 보이네요."

"이상하다. 우리가 검 훈련을 하러 갈 때는 침실에 있었는데. ……설마 아직도 자는 건 아니겠지?"

확인해보려고 침실을 슬쩍 들여다봤다.

그리고 나도 모르게 어이쿠 하고 머리를 싸쥘 뻔했다.

──거기 있었다.

이불이 아침에 봤을 때와 똑같이 동그랗게 부풀어 올라 있었다.

불길한 예감이 적중하고 말았다.

거북이처럼 이불 속에서 빼꼼 얼굴을 내민 메릴은 쌔근쌔근 편안한 숨소리를 내면서 잠자고 있었다.

"……아니, 점심때가 지났는데 아직도 자?"

이건 늦잠도 보통 늦잠이 아니잖아.

"어휴, 얘는 진짜 게으름뱅이라니까."

안나는 이마를 짚으면서 어이없다는 표정을 짓고 있었다.

야무진 안나의 입장에서는, 대낮까지 늦잠을 자는 메릴의 게으른 태도가 눈에 거슬릴 것이다.

"이봐, 메릴. 그만 일어나. 벌써 대낮이야."

나는 이불을 뒤집어쓴 메릴의 몸을 흔들어 깨웠다.

"으음―. 나, 더 자고 싶은데―."

"안 돼. 일어나."

"우……. 응, 알았어. 정 나를 깨우고 싶으면, 아빠, 내 뺨에 뽀뽀해줘."

"아니, 무슨 소리를 하는 거야?"

"공주님은 왕자님의 키스로 눈을 뜨는 법이잖아♪"

"그러니까 무슨 소리를 하는 거야?"

반사적으로 다시 한번 소리 내어 말했다.

"메릴. 당신은 공주님이 아닙니다. 제 동생이에요. 아빠…… 아버님을 곤란하게 만드는 짓은 삼가세요!"

"어휴― 엘자는 여전히 고지식하네―? 에이, 뭐 어때―? 아빠, 빨리 내 뺨에 뽀뽀해줘♪"

"그럼 일어날 거야?"

"일어나지, 당연히 일어나지. 당장 일어날 거야."

"……나 참. 하는 수 없지."

나는 메릴의 머리맡에 쪼그려 앉아, 메릴이 쏙 내민 뺨에 살며시 뽀뽀를 해줬다.

"자, 약속대로 일어날 거지?"

"응♪ 아빠, 뽀뽀 잘한다♪"

"……칭찬 고맙다."

딸한테 뽀뽀를 잘한다는 소리를 들어도 말이지……. 쓴웃음밖에 안 나왔다.

메릴은 생글생글 웃으면서 이불 속에서 일어나 앉았다.

동글동글 크고 귀여운 눈동자. 오뚝한 콧대. 연분홍색 입술. 막내 메릴은 세 자매 중에서 가장 여자아이다운 여자아이였다.

그리고 엄청난 어리광쟁이기도 했다.

틈만 나면 달라붙고, 밥 먹을 때는 거의 꼬박꼬박 "아―♪" 하고 입을 벌리면서 밥을 먹여 달라고 한다.

메릴은 옆에 있는 엘자의 얼굴을 보고 말했다.

"있잖아, 엘자. 너도 뽀뽀해 달라고 하지 그래?"

"――?!"

엘자의 투명해 보이는 뺨이 새빨갛게 물들었다.

"바, 바보 같은 소리 하지 말아요! 뽀, 뽀뽀라니, 그런 연약한 것은…… 검사인 저에게는 불필요한 것입니다!"

"아이, 뭐야―. 부끄러워하긴―. 엘자는 어리광을 부릴 줄 모르는구나?"

메릴은 그렇게 말하고 나를 향해 두 팔을 벌렸다. 귀엽게 눈을 치뜨고 쳐다보더니, 생크림처럼 달콤한 음성을 꾸며내서 말했다.

"아빠―. 나 잠옷 벗기고 옷 갈아입혀 줘―♪"

"메릴, 넌 나한테 어리광을 너무 심하게 부려."

"응, 왜냐하면 나는 아빠를 진짜로 좋아하는걸―♪"

나도 모르게 쓴웃음을 지었다.

뭐, 실은――매번 이 어리광을 받아주는 나도 문제가 있었다.

열 살이나 된 딸의 잠옷을 매번 갈아입혀 주는 모습을 남한테 들키기라도 한다면, 틀림없이 팔불출 아빠란 소리를 들을 것이다.

하지만 귀여운 걸 어쩌겠어.

메릴뿐만 아니라 엘자도 안나도 다 똑같이 귀여웠다.

"그런데 메릴. 학교는 어쨌어? 오늘은 수업 있는 날이잖아?"

안나가 팔짱을 끼면서 질문했다.

메릴은 이 동네 마법 학교에 다니면서 마법을 공부하고 있었다.

"에헤헤. 땡땡이쳤어♪"라고 하면서 혀를 쏙 내미는 메릴.

"땡땡이……? 아니, 저기요. 학교에도 공짜로 다니는 게 아니거든? 아빠가 돈을 내주시고 있는 거야."

"아니, 하지만―. 재미없는걸. 수업 수준이 너무 낮아. 학교 선생님보다도 내가 훨씬 더 마법을 잘 다루는걸? 자, 이거 봐."

그러더니 메릴은 손가락을 곧게 세웠다.

그 순간――.

손끝에서 얼음 결정의 꽃이 활짝 피어났다.

"이건…… 얼음 마법? 메릴. 어디서 배웠니?"

"얼마 전에 아빠가 물 마법을 가르쳐줬잖아? 그래서 내 나름대로 이것저것 시도해보다가 할 수 있게 되었어―."

물 마법의 응용―― 그건 열 살 난 아이가 구사할 수 있는 기술이 아니다.

성인 마법사 중에서도 이 영역에 도달하지 못한 사람은 넘쳐날 정도로 많았다. 그런 일을 이토록 쉽게 해내다니.

메릴은 세 자매 중에서도 특출한 마력량을 지니고 있었다.

게다가 이해력도 좋았다.

내가 가르쳐준 마법을 마치 마른 스펀지처럼 빠르게 흡수했다. 그뿐만이 아니라 지금 이 경우처럼 응용까지 했다.

벌써 장래가 기대되는 아이였다.

"에헤헤―. 굉장하지? 칭찬해줘, 칭찬―♪"

내가 메릴의 머리를 쓰다듬어주자, 메릴은 기뻐하는 것처럼 헤벌쭉 웃었다. 긴장이 풀어진 아기 고양이 같은 표정이었다.

"수업을 들으러 가서 마법을 공부하는 것보다도, 이렇게 집에서 아빠랑 사이좋게 놀면서 마법을 배우는 것이 더 좋은데―."

"안 돼. 아빠는 바빠. 메릴한테만 신경 써줄 여유가 없다고. 그러니까 학교 가서 성실하게 수업이나 받아."

"아, 아야아! 안나, 아프잖아! 아프다고! 귀 잡아당기지 마~!"

"학교 갈 거야? 응?"

"갈게! 갈게에―!"

"좋아, 알아들었으면 됐어."

안나는 생긋 웃었다. 그리고 나를 보면서 말했다.

"아빠는 걱정하지 마. 메릴은 내가 책임지고 학교에 다니게 할 테니까. 아빠는 마음껏 자기 일에 전념하도록 해."

"으, 응……."

제5화

오늘은 마을 광장에서 검술 대회가 열렸다.

아이도 어른도 한데 어우러져서 검술 실력을 겨뤘다.

나는 일이 있어서 중간부터 관객으로 참가했다. 아이들 틈에 어른도 섞여 있는 이 대회에서 우승한 사람은 엘자였다.

다른 참가자들을 완벽하게 누르고 압도적으로 우승했다.

검술 실력이 꽤 좋은 어른조차도, 엘자의 검 앞에서는 어린아이나 마찬가지였다. 100번 싸워도 결과는 달라지지 않을 것이다.

"이야, 이거 참. 카이젤. 당신 딸이 장난 아니던데?! 진짜 천재야. 나중에는 유명한 검사가 될 거야."

"마치 젊은 시절 카이젤의 검술을 보는 것 같았어."

옆에 있는 관객들이 입을 모아 찬사를 보냈다.

"내가 잘한 게 아니에요. 저 녀석의 실력이지요."

"아버님! 보셨어요?!"

시합을 마친 엘자가 기뻐하면서 이쪽으로 뛰어왔다.

손에는 트로피를 들고 있었다.

그 얼굴은 승리했다는 기쁨과 흥분으로 상기되어 있었다.

"응. 아주 잘 봤어. 우승을 축하한다. 칼놀림이 훌륭했어. 엘자, 네가 평소 쉬지 않고 노력하고 있다는 증거지."

"하지만 아버님의 검술 실력에 비하면 저는 한참 모자라요. 좀 더 노력해야죠. 아버님에게 공격을 한 번이라도 성공시키려면."

"하하. 그래, 그날을 기대할게."

나는 엘자를 보고 미소 지었다.

엘자는 손가락을 앞으로 모아 꼬물꼬물 얽으면서 중얼거렸다.

"저, 저기요…… 아버님. 약속은 기억하세요?"

"당연하지. 만약에 나를 한 대라도 때릴 수 있으면, 내가 엘자의 소원을 뭐든지 하나 들어주겠다는 약속이었지?"

"……네."

"그냥 궁금해서 물어보는 건데, 넌 무슨 소원을 빌고 싶어?"

"그, 그건, 비밀이에요!"

엘자는 그렇게 말하더니, 뺨을 붉히고 고개를 반대쪽으로 휙 돌렸다.

……뭔가 스스로 부끄러워할 만한 것을 부탁하고 싶어 하는 걸까. 인형을 사 달라든가, 뭐 그런 건가?

아무튼 너무 집요하게 추궁하지는 말자.

나는 가볍게 손을 내밀어 엘자의 머리를 살살 쓰다듬어줬다.

"흐앗……?"

얼빠진 소리가 흘러나왔다.

"아, 미안. 싫어?"

"아, 아뇨. ……아버님이 이렇게 해주시면, 제 마음이 편안해져요."

평소 엘자의 얼굴은 늠름한데, 이렇게 머리를 쓰다듬어주면 그 표정이 부드러워졌다.

"좋아. 오늘 저녁 메뉴는 엘자가 좋아하는 토끼 고기 스튜로

할까?"

"진짜요?!"

"우승 축하 음식이야. 내가 최선을 다해 만들어볼게."

"저, 두 그릇 세 그릇씩 먹어도 돼요?"

"물론이지. 마음껏 먹어."

나는 엘자를 향해 웃었다.

"──와, 신난다!"

그렇게 기뻐하면서 엘자는 가슴 앞으로 모은 손을 꼭 쥐었다.

"에헤헤. 날마다 검술 대회가 열리면 좋겠어요. 그러면 매일 스튜를 먹을 수 있잖아요."

"그럼 참가자가 급격히 줄어들 것 같은데?"

나는 쓴웃음을 지었다. 그런데 그때.

"으아아아악! 마물이 나타났다!"

마을 사람의 비명이 들려왔다.

나도 엘자도 화들짝 놀라서 눈을 크게 떴다.

──마물이 나타났다고?!

"소리는 저쪽에서 들렸어. 엘자, 넌 여기서 얌전히 있어. 내가 돌아올 때까지 움직이면 안 돼."

"저도 갈게요!"

"──뭐라고?"

"검술 대회에서 우승했잖아요. 저도 아버님과 함께 싸울 수 있어요! 그러니까 저도 아버님과 동행하게 해주세요!"

나를 똑바로 응시하는 엘자의 눈빛에서 강한 의지가 느껴졌다.

무슨 말을 해도 안 통할 것 같았다.

설득할 만한 시간은 없고……. 하는 수 없지.

"알았어. 따라오렴."

"——네!"

비명이 들린 방향으로 달려가는 나. 그 뒤를 쫓아오는 엘자.

한동안 달려가자 저 앞에서 마물의 모습이 보였다.

무서워서 꼼짝도 못 하는 마을 사람을 향해, 당장이라도 덤벼들 것 같았다.

그놈은 마저(魔猪)였다.

흉악한 엄니, 두꺼운 모피로 뒤덮인 몸뚱이가 특징인 멧돼지 마물이다.

"히, 히이익!"

"안심해! 지금 구해줄게!"

"저도 싸울게요!"

엘자는 솔선해서 정면에 섰다.

용감하게 검을 겨눴다.

그러자 마을 사람을 바라보던 마저의 눈이 이쪽을 쳐다봤다.

"——?!"

그 적대적인 시선이 자신을 향한 순간, 엘자의 용감함은 사라져버렸다. 나는 엘자가 순식간에 상대에게 압도당했다는 것을 알았다.

"끄오오오오!"

마저가 엄니를 드러내고 이쪽으로 돌진했다.

정통으로 물렸다가는 즉시 끝장날 것이다.

그러나 엘자는 그 자리에서 꼼짝도 하지 못했다.

"아…… 앗…….'"

위험하다. 이대로 있으면 당한다.

나는 당장 지면을 박차고 뛰쳐나가 엘자 앞에 끼어들었다.

마저의 돌진을 정면에서 받아냈다. 거대한 쇠뭉치에 한 대 얻어맞은 것처럼 엄청난 충격이었다. 온몸의 뼈가 삐걱거렸다.

날카로운 엄니가 내 오른쪽 어깻죽지에 파고들었다.

"──크윽?!"

강렬한 통증이 느껴졌다.

그러나──여기서 물러날 수는 없었다. 내 뒤에는 엘자가 있으니까.

"하아아아앗!"

나는 기력을 끌어모아서 마저의 엄니를 콱 붙잡았다. 그리고 약 수백 킬로그램이나 되는 그 거구를 들어 올렸다가, 온 힘을 다해 바닥에 패대기쳤다.

"꾸억?!"

그 충격으로 마저의 움직임이 멈췄다. 나는 그놈의 목을 검으로 베어버렸다.

대량의 피가 튀어나왔다. 이윽고 그놈은 꼼짝도 안 하게 되었다.

아마도 힘이 다한 것 같았다.

"엘자! 다치진 않았니?"

"괘, 괜찮아요. 그런데 아버님이…….

엘자의 겁먹은 듯한 시선이 내 오른쪽 어깻죽지에 쏠려 있었다. 시선을 따라가니 살점이 떨어져 나가서 피가 철철 흐르고 있었다.

"죄송해요. 저, 아무것도 하지 못해서……. 검술 대회에서 우승했으니까, 아버님처럼 싸울 수 있을 줄 알았는데…….

"하하. 신경 쓰지 마. 누구나 첫 번째 전투는 다 그런 거야."

나는 그렇게 말하면서 웃었다. 그러고는 엘자의 머리를 좀 거칠게 쓰다듬어줬다.

"이번 경험을 바탕으로 조금씩 배워 나가면 돼."

고개 숙인 엘자의 눈에는 눈물이 맺혀 있었다.

엘자는 손등으로 눈가를 쓱 문지르고 코를 훌쩍였다. 그 후 나에게 이런 질문을 던졌다.

"아버님은…….

"응?"

"아버님은, 마물이 무섭지 않으세요?"

"당연히 무섭지. 이러다 죽을지도 모른다고 생각할 때도 있어. 하지만, 나에게는 지켜야 할 사람들이 있으니까."

"지켜야 할 사람들……?"

"응. 엘자도 그렇고, 안나도 그렇고, 메릴도 그렇고……. 물론 이 마을 사람들도 그래. 나 자신을 위해서가 아니라, 소중한 사람

들을 지키기 위해서 싸운다——그것이 나에게 용기를 불어넣어
주는 거야."

나는 엘자에게 그렇게 대답했다.

"저, 저도!"

엘자는 소리를 쥐어 짜내면서 말했다.

"저에게도, 소중한 사람들이 있어요. 제 친구인 미나와 이레이
저도 있고, 안나와 메릴도 있고. ……당연히 아빠도 있어요."

"그럼 그 사람들을 위해서 검을 휘두르도록 해. 그러면 틀림없
이 공포를 이겨내는 용기가 샘솟을 거야."

"……(끄덕)."

엘자는 내 말을 듣고 진지하게 고개를 끄덕였다.

오늘의 패전은 분명히 엘자에게 소중한 경험이 될 것이다. 그
리고 엘자는 앞으로 훨씬 더 강해질 것이다.

제6화

나는 상인이 운반해 온 식자재를 끌어안고 술집의 뒷문으로 들어가, 술집 주인이 지정해준 장소에다 내려놓았다.

"——좋아. 이걸로 마지막."

휴 하고 숨을 내쉬었다. 그리고 뻣뻣하게 굳은 목을 빙글빙글 돌렸다.

"수고했다, 카이젤. 덕분에 살았어."

뒤를 돌아보자 술집 주인이 웃고 있었다.

그의 이름은 지젤.

수염을 기른 멋진 중년 남성이었다.

"아뇨, 별것도 아닌데 신경 쓰지 마세요. 제가 집을 비운 사이에 쭉 집의 관리를 대신해 주셨잖아요. 그 은혜를 조금이라도 갚고 싶어요."

"넌 정말 의리 있는 녀석이구나. 옛날부터 그랬지."

술집 주인은 시가를 한 대 피우면서 먼 옛날을 회상하는 듯한 표정을 지었다. 나는 어릴 때부터 이 사람과 알고 지냈었다.

"네가 이 마을에 돌아온 뒤로 우리도 마물의 위협에서 벗어날 수 있었지. 그 덕분에 올해 밭의 수확량은 사상 최고일 것 같아."

"그건 참 잘됐네요."

"지금은 아이들한테 검술을 가르쳐준다면서?"

"네. 차세대 마을 경비원을 육성하기 위해서——라고 하면 녀무 거창하지만요. 검술을 배워두면 언젠가는 도움이 되니까요. 게다가 아이들도 의욕이 넘쳐요. 요새는 날마다 우리 집에 쳐들어옵니다. 검술을 가르쳐 달라고."

"그야 뭐, 너는 동경의 대상이니까. 동네 검술 대회에 참가했을 때는 아무한테도 단 한 대 맞지 않고 완벽하게 우승했잖아. 그 멋진 모습이 사람들의 뇌리에 박힌 거지. ──하기야 넌 너무 강해서, 그다음부터는 아예 대회 출전이 금지돼버렸지만."

"하하……."

나는 허탈하게 웃었다.

사실 그건 은근히 트라우마였다…….

술집 주인은 내가 가져온 짐을 보면서 말했다.

"그런데 역시 마력(馬力)이 차원이 다르구나. 나도 완력에는 자신 있는 편이지만, 이만한 양의 식자재를 한꺼번에 옮기려고 하면 허리가 나갈 텐데. 그걸 이렇게 쉽게……. 과연 A랭크 모험가는 굉장해."

"그만 하세요. 다 지나간 일이잖아요."

나는 씁쓸하게 웃었다.

"지금은 은퇴했으니까요."

"은퇴? 모험가 일에 그런 제도가 어디 있어. 네가 마음만 먹으면, 다시 왕도로 돌아가서 모험가가 될 수도 있잖아."

"안 돌아가요. 자식들이 있는데."

더는 모험가 일에 미련이 없었다.

……아니, 정확히 말하자면 딱 하나, 미련이 남아 있다.

내 자식들의 고향을 멸망시킨 에인션트 드래곤을 아직 해치우지 못했다. 언젠가 그놈은 또다시 다른 마을이나 도시를 습격할지도 모른다.

나는 그놈을 깨운 것에 대한 책임을 지고, 그놈을 해치워야만 한다.

──그러나 나는 반쯤 도망치듯이 왕도를 떠나 고향으로 돌아왔다. 물론 딸들을 키우기 위해서라는 이유도 있었지만.

"그러고 보니 너, 그 애들한테 진실은 말해줬냐?"

"진실이라뇨……?"

"네가 그 아이들의 친아버지가 아니란 사실 말이야. 어머니가 없다는 사실은 주변 사람들을 보고 저절로 눈치챘을 테지만."

"……아뇨, 아직 안 가르쳐줬어요."

나는 고개를 숙이고 대답했다.

"그 아이들은 아직 저를 친아버지라고 생각하고 있습니다. 물론 기회를 봐서 진실을 가르쳐줄 생각이지만요."

"흐음, 끝까지 숨기는 방법도 있다만?"

"──네?"

"네가 친아버지가 아니란 사실을 알게 되면, 그 아이들은 틀림없이 혼란에 빠질 거야. 하지만 일부러 말하지 않으면 그럴 일은 없겠지. 진실을 숨기는 것도 일종의 배려야. ──아, 물론 최종적으로 어떻게 할지는 네가 정할 일이지만."

"……네."

나는 살짝 고개를 끄덕였다.

기회를 봐서 진실을 말해주자──그렇게 생각했지만, 좀처럼 결단을 내릴 수 없었다. 시간이 지날수록 점점 더 말하기 어려워지리란 것은 알고 있는데도.

"……아, 맞다. 술집 인테리어 바꾸셨어요?"

나는 화제를 바꾸려고 그런 말을 했다.

"오. 눈치챘어? 안나의 조언을 듣고 바꿔봤지. 저거 봐, 내부 인테리어뿐만 아니라 입구의 문도 바꿨어."

아, 진짜다.

전에는 문틀에 딱 맞는 문이었는데, 이제는 스윙 도어였다. 그래서 밖에서도 가게 안의 모습이 보였다.

"좌석의 위치가 안 좋다고 하더라고. 또 바깥에서도 가게 안이 보이는 편이, 손님이 안심하고 들어올 수 있다고 했어. 그래서 시험 삼아 시키는 대로 바꿔본 거야. 그랬더니 술집 손님이 과거와는 비교도 안 될 정도로 늘었어. 역시 안나 님이 최고라니까."

"아~ 그렇군요."

나는 감탄하여 탄성을 발했다.

"게다가 매입 가격이 적정가보다 비싸다는 이야기도 하면서. 직접 업자와 협상을 해줬어. 그 덕분에 식자재를 저렴하게 살 수 있게 됐지. 굉장했다니까? 프로 장사꾼을 상대로도 꿀리지 않고 멋지게 협상하더군. 자기 의견을 관철하면서도, 또 기분이 상하지 않도록 신경도 써주고. 보기만 해도 반할 정도로 멋진 수완이었어."

"오, 굉장하네요."

사람을 잘 다루는 재능이 있다는 것은 알고 있었다.

탄광 보스도 극찬할 정도였으니까.

들자 하니 현장감독 및 교대근무 시스템 관리를 안나에게 맡긴 다음부터는 작업 효율이 비약적으로 향상됐다고 한다.

그런데 덤으로 상업적인 재능까지 발휘하다니.

"카이젤. 안나는 보통이 아니야. 그 녀석은 나중에 아주 엄청난 일재(逸才)가 될 거야. 그러니까 나도 지금부터 안나한테 잘해줘야지."

술집 주인은 히죽 웃더니 이렇게 말했다.

"미리 잘해주면. 나중에 나한테도 일을 맡겨줄지 몰라. '재능 있는 녀석과 아는 사이'라는 것도 일종의 재능이거든."

"하하……. 사장님은 변함없이 계산이 빠르시네요."

"당연하지. 나는 돈을 사랑하거든. ――물론 그 돈은 나를 외면하면서 이쪽을 쳐다봐주지도 않지만."

술집 주인은 시가를 피우더니 쓸쓸하게 웃었다.

나도 덩달아 쓴웃음을 지었다.

제7화

주인에게 인사하고 나서 술집을 떠나 집으로 돌아가는 중이 었다.

똑바로 뻗은 길. 그 오른편에는 울타리로 둘러싸인 밭이 펼쳐 져 있었다.

거기서 농사를 짓고 있는 사람들의 모습이 간간이 눈에 띄었다.

예년에는 이 시기가 되면 마물이 농작물을 노리고 습격해왔었 다. 일전에 출몰했던 마저도 아마 그런 목적으로 왔을 것이다.

그때 갑자기 내 눈앞이 캄캄해졌다.

뒤에서 누가 손을 내밀어 내 눈을 가렸나 보다.

"누구—게 ♪"

달콤한 목소리가 귓가에 들려왔다.

물론 누구인지는 금방 알았다. 하지만 금방 대답하면 재미가 없으니까. 좀 더 이 대화를 즐기기로 했다.

"음, 글쎄? 힌트를 주지 않을래?"

"힌트는—. 당신을 진짜로 좋아하는 사람입니다—♪"

"으음. 누구지……?"

"후후후. 하긴, 당신을 좋아하는 사람은 아주 많으니까—. 그런 데 그중에서도 제일 많이 좋아하는 사람이거든?"

"……그런 힌트를 주면, 대답하기 어려워지잖아. 자기를 좋아 하는 것 같은 사람을 자기 입으로 말하기는 힘들어."

혹시나 틀리면 미친 듯이 쪽팔릴 것이다.

지독한 짝사랑이 되는 거니까.

"아, 그런가—? 부끄럼쟁이구나. 그런 점도 좋아하지만—. 응, 그럼 힌트를 좀 더 줄까?"

내 눈을 가리고 있는 그 인물은 노래하듯이 말했다.

"나는 아빠의 딸 중 하나입니다—♪"

"말끝에 '—♪'를 붙이고 있잖아……."

우리 딸들 중에서 그런 식으로 말하는 사람은 하나밖에 없었다.

"흐음? 자, 아빠. 대답해봐? 아빠를 이 세상에서 제일 사랑하는, 세 자매 중 막내인 천재 마법사의 이름은 뭐지?"

"이미 정답이 거의 다 나왔잖아?! ……응, 메릴이지?"

"딩동댕—♪"

내 눈을 덮었던 손이 즉시 떨어져 나갔다.

눈앞에 다시 빛이 생겨났다.

뒤를 돌아보자, 사랑하는 딸인 메릴이 두 손을 뒤로 모으고 서 있었다. 생글생글 흐뭇한 미소를 지으면서.

"에헤헤—."

"오늘따라 유난히 기분이 좋아 보이는구나."

"우후후. 아빠랑 사이좋게 놀아서. 재미있었거든♪"

"그런데 너 마법 학교는 어쨌어? 지금은 수업 시간일 텐데. 설마 또 땡땡이를 친 거야?"

"에헷♪"

메릴이 혀를 쏙 내밀었다.

"나 참……. 선생님이 뭐라고 하시더라. 메릴의 품행이 좋지 않다고. 수업 시간에는 꾸벅꾸벅 졸기만 하고 선생님 말씀은 듣지도 않고. 연습 시간에는 가르쳐주지도 않은 마법만 사용하고. 심지어 선생님한테 결투를 신청해서 이기기까지 했다면서?"

"아니, 그게—. 선생님이 자꾸 시끄럽게 잔소리를 하는걸. 내가더 강하다는 사실을 가르쳐주면, 더 잔소리는 안 하지 않을까—?하고."

메릴은 의기양양하게 그런 말을 하더니.

"내가 선생님을 가볍게 이겨버렸어. 어때, 굉장하지? 에헤헤—.아빠, 나 많이 칭찬해줘—♪"

"어휴……."

나는 깊은 한숨을 내쉬었다.

"메릴. 이번 일에 관해서는 너를 칭찬해줄 수 없어."

"——어? 왜?"

"물론 선생님을 이긴 것은 굉장한 일이야. 너한테 재능이 있다는 것도 인정할게. 하지만 마법은 남을 괴롭히기 위해 사용하는 것이 아니야. 마법은 인간의 생활을 윤택하게 만들기 위해 존재하는 거야. 남에게 도움이 되기 때문에 가치가 있는 것이지."

내가 그렇게 메릴을 타이르고 있는데, 바로 그때.

"오, 뭐야. 카이젤 아냐?"

밭일 중이던 남자가 나를 알아보고 다가왔다.

농부인 곤돌라였다.

그는 두건을 쓰고, 리넨 옷을 입고 있었다.

그리고 발목 근처를 끈으로 조이고, 밑창이 두꺼운 농업용 신발을 신고 있었다.

"열심히 일하는 중인가 봐?" 하고 내가 말했다.

"올해는 장난 아니야. 사상 최고의 풍작일 거야. 역시 마물의 습격을 막아낸 게 효과가 좋았나 봐."

곤돌라는 밭을 돌아봤다.

"카이젤, 네가 직접 경비해준 덕분이기도 하지만. 네가 만들어준 이 마법의 울타리가 제 몫을 톡톡히 해내고 있어."

"마법의 울타리?" 하고 메릴이 살짝 고개를 갸우뚱했다.

"응. 이 울타리는 마법을 불어넣어서 만들었거든. 그래서 작물을 노리는 마물이 접촉하면, 고압 전류가 흐르게 되어 있어. 그 덕분에 마물이 작물을 해치지 못하게 된 거지. 그 빌어먹을 놈의 마저가 꼬리를 내리고 도망가는 꼴을 보면 어찌나 통쾌하던지!"

그러더니 곤돌라는 툭 튀어나온 뱃살을 출렁거리면서 기분 좋게 웃었다.

"수확이 끝나면 너희 집에도 나눠주러 갈게, 카이젤. 우리 밭의 채소는 이 마을에서도 제일 맛있으니까. 기대해."

"어, 그렇게 나눠줘도 돼?"

"당연하지. 너한테는 신세를 많이 졌으니까. 은혜 갚는 거야. 실면서 이렇게 상부상조하는 관계를 유지해야지, 안 그래?"

곤돌라는 힘차게 엄지손가락을 세워 보이더니, 메릴을 힐끔 봤다.

"메릴, 너도 우리 밭에서 난 채소 먹고 무럭무럭 자라라."

곤돌라는 이빨이 다 보이도록 웃더니, "그럼 안녕!" 하고 밭쪽으로 걸어갔다. 메릴은 그 뒷모습을 멍하니 바라보고 있었다.

나는 다시 메릴을 향해 돌아서서 중단됐던 이야기를 재개하려고 했다.

"어, 저기. 아까 무슨 이야기를 하고 있었지?"

"응, 아냐. 이제 됐어. 아빠가 하고 싶은 말이 뭔지는 어렴풋이 이해했어. 아빠의 마법은 사람들을 도와주고 있구나."

메릴은 나를 보면서 그렇게 말하더니.

"있잖아. 내 마법이 남에게 도움이 된다면, 아빠는 칭찬해줄 거야?"

"응. 당연하지."

"에헤헤♪ 그럼 나 열심히 해볼게."

메릴은 손가락을 자기 뺨에 대고 수줍게 웃었다.

이때 나는 꿈에도 몰랐다. 지금 이 대화에 의해 후세가 마법의 힘으로 비약적인 발전을 이루게 될 줄은.

제8화

그 후로 4년이란 세월이 지났다.

자식들은 열네 살이 되었다.

엘자는 꾸준히 검사의 길을 질주하고 있었다. 열심히 단련하면서, 내가 가르쳐준 수많은 기술을 하나하나 자기 것으로 만들었다.

동네 검술 대회에서는 매년 무적이었다. 결국 올해는 나와 마찬가지로 출전 금지를 당했다.

"아버님과 똑같이 출전 금지를 당하게 돼서 기뻐요……!"

그러면서 엘자는 기뻐했다.

엘자는 마을을 지키는 경비원으로서 마물과의 전투도 자주 했다. 첫 번째 싸움에서는 겁에 질렸었지만, 지켜야 할 사람을 발견한 다음부터는 그런 두려움도 사라졌다.

안나는 자신의 경영 수완과 협상 기술을 마음껏 발휘하고 있었다.

안나가 마을 경영에 관여하기 시작한 이후로 마을의 재정 상태가 좋아졌고, 이전보다 마을 사람들은 윤택한 삶을 살아가게 되었다.

마을에 찾아오는 상인들에게 스카우트되는 경우도 부지기수였다. 그러나 안나는 그쪽에는 관심이 없는지 전부 다 거절해버렸다.

안나의 꿈은 오로지 모험가 길드의 길드 마스터인가 보다.

메릴은 변함없이 어리광이 심하고 땡땡이도 잘 쳤지만, 이제는 자기 자랑을 하려는 것이 아니라 이 세상과 많은 사람에게 도움이 되기 위해서 마법을 사용하게 되었다.

"아빠―. 오늘은 흙 마법으로 온천의 수맥을 찾아냈어―♪ 그래서 이 마을에 온천이 생길 것 같대!"

"오오! 굉장한데?! 네가 사람들한테 도움을 줬구나."

"응―! 나 칭찬해줘, 칭찬해줘―."

"메릴, 잘했어. 훌륭해."

"에헤헤―. 행복하다―. 온천이 생기면 같이 들어가자, 응?"

……이 세상과 많은 사람을 위해서라기보다는, 나한테 칭찬받기 위해서인 것 같은 느낌도 들지만, 결과적으로는 남들에게 도움이 되니까 괜찮은 거겠지.

우리 딸들은 모두 다 훌륭하게 자랐다.

이 세계에서는 열네 살이 되면, 직업을 가질 권리를 얻는다.

이 나이가 되어야지만 모험가나 길드 직원도 될 수 있다.

참고로 나는 열네 살 때 모험가 업계에 뛰어들었다.

이 아이들도 마찬가지로 각자의 꿈을 향해 나아갈 시기가 된 것이다.

엘자는 나와 같은 모험가의 길을.

안나는 길드 마스터가 되기 위한 길을.

그리고 메릴은 게으른 백수의 길을……이라고 본인은 말했는데, 하기 싫은 일들을 하나씩 배제함으로써 결과적으로는 마법사의 길을 걸어갈 것이다.

내일 우리 딸들은 왕도로 떠날 예정이다.

오늘은 가족들 네 명이 함께 보내는 마지막 밤이었다.

우리 집 거실에 네 명이 모여서 토끼 고기 스튜, 미트파이, 베이컨, 갓 구운 빵 등의 진수성찬을 둘러싸고 앉았다.

이것은 모두 다 딸들이 좋아하는 음식이었다.

"있잖아―. 진짜로 아빠는 같이 안 갈 거야?"

메릴이 쓸쓸한 말투로 말했다.

"응. 나는 이 마을의 경비를 맡아야 하니까. 그 외에도 이것저것 많은 일을 부탁받았고. 게다가 이 집도 지켜야 하거든."

"외로워~! 아빠가 없으면 난 더는 못 살아~! 아빠가 계속 이 마을에 있을 거면, 나도 여기 있을래~!"

"안 돼. 제멋대로 굴지 마. 아빠를 괴롭히지 말라고."

안나가 나무라듯이 말했다.

"그리고 메릴, 당신은 여기 있으면 아빠가 오냐오냐해줘서 틀림없이 백수가 될 테니까. 당신은 왕도에 가서 사회의 쓴맛을 좀 봐야 해."

"우우~."

"아빠. 걱정하지 마. 엘자와 메릴은 내가 잘 돌봐줄 테니까. 한 달에 한 번은 근황을 보고하는 편지도 보낼게."

"그래. 안나가 같이 있으니까 안심이 되네. 잘 부탁한다."

"그런데 결국…… 저는 아버님을 검으로 공격하는 데 성공하지 못했네요. 이 나이가 될 때까지 수백 번이나 대련했는데도."

엘자는 분한 표정을 짓고 있었다.

"저도 꾸준히 단련해서 강해졌다고 생각하지만, 그래도 아버님과는 아직 비교가 안 될 정도입니다. 모험가로서 좀 더 정진하겠습니다."

"그래. 강해진 엘자를 만나게 될 날을 기대할게."

나는 엘자를 보면서 미소 지었다.

엘자도 웃는 얼굴로 고개를 끄덕였다.

식사가 끝난 뒤 목욕을 하러 갔다.

평소에는 따로 목욕하는데, 오늘은 마지막 날이니까······라면서 딸들이 간청하는 바람에 나도 같이 목욕하게 되었다.

"저······ 아버님. 등을 밀어드리고 싶은데요. 괜찮을까요?"

"응? 내 등?"

"네, 그동안 아버님이 저에게 검술을 가르쳐주셨잖아요. 조금이라도 보답을 하고 싶으니까, 등 밀어드리는 것을 허락해주실래요?"

"그런 건 신경 쓸 필요 없는데."

"안 될까요?"

"아냐. 그럼 부탁 좀 할게."

나는 엘자에게 등을 밀어 달라고 부탁하기로 했다.

거품을 낸 타월로 내 등을 문지르는 엘자. 적당한 힘으로 등을 밀어줘서 무척 기분이 좋았다.

"후후. 엘자. 다음에는 내가 할게."

"어? 안나가 한다고?"

"나도 아빠의 등을 밀어드리고 싶거든."

안나는 엘자의 손에 들린 타월을 받아서 내 등을 문지르기 시작했다. 정성스럽고 친절한 손길이었다.

"아, 나도, 나도~ ♪"

메릴은 자기 몸에 비누를 칠하더니 직접 내 등을 끌어안았다.

"살을 맞대고 비비면서~ 깨끗하게 씻자~ ♪"라고 했는데, 즉시 안나가 그런 메릴을 강제로 뜯어냈다.

사랑하는 딸들이 내 등을 밀어줘서 나는 참 행복했다.

──그런데 아직 이 아이들에게 진실은 말해주지 않았다. 이 아이들이 내 친딸이 아니라는 것을.

지난 4년 동안 몇 번이나 말하려고 했지만 결국 말하지 못했다. 그것은 틀림없이 죄책감 때문일 것이다.

내가 에인션트 드래곤을 해치우지 못해서, 우리 딸들의 친부모가 죽었으므로.

세월이 흐르면 흐를수록 말하기 어려워졌다.

그날 밤은 딸들과 함께 잠을 잤다.

다음 날 아침. 나는 왕도로 가는 마차에 탄 딸들을 배웅하러 왔다. 마차 덮개 안에서 고개를 내민 딸들. 그들에게 나는 말했다.

"잘 가. 다들 건강하게 지내렴."

"──네! 반드시 아버님과 같은 A랭크 모험가가 될 겁니다."

"아빠도 건강해야 해."

"일주일에 한 번은 어리광부리러 돌아올 거야~ ♪"

딸들을 태운 마차는 앞으로 나아간다.

나는 왕도로 가는 마차를 떠나보내면서 손을 흔들었다. 딸들도 똑같이 서로가 안 보이게 될 때까지 계속 손을 흔들었다.

결국 그들에게 진실을 고백하지는 못했다.

만약에 내가 진실을 고백해버린다면, 우리는 진짜 가족이 아니게 될 테고 두 번 다시 원래대로 돌아가지 못할지도 모른다. 그렇게 생각했기 때문이다.

그리고 4년 후——.

거기서부터 우리 부녀의 이야기가 시작된다.

제9화

딸들이 왕도로 떠나고 나서 4년이란 세월이 흘렀다.

처음 만났을 때는 너무나 작고 귀여웠던 딸들도 이제는 벌써 열여덟 살이 되었다. 좀 빠른 사람이라면 결혼도 생각할 만한 나이였다.

나도 세월의 흐름에 따라 서른다섯 살이 되었다. 완벽한 중년이었다.

그렇게 말했더니——.

"무슨 소리를 하는 거야? 넌 아직도 젊잖아. 얼마 전에도 마을을 습격하러 온 마랑(魔狼)의 무리를 일망타진했으면서."

술집 주인이 시가를 피우면서 기막히다는 듯이 말했다.

"게다가 겉모습도 아무리 봐도 20대인걸."

"그야 뭐, 경비원으로서 단련은 꾸준히 하고 있으니까요. 하지만 지금 엘자와 싸운다면 질 것 같아요."

"엘자는 S랭크 모험가가 됐다면서?"

"네. 왕도에서 개최된 검신제(劍神祭)에서도 우승했다고 해요. 그 실력을 높이 평가받아서 지금은 기사단장 겸 공주님의 근위병이 되었다고 하더군요."

"엄청나게 출세했네. 기사단장 겸 공주님의 근위병이 되다니. ……네 뒤를 졸졸 따라다니던 그 꼬마 여자애가."

술집 주인은 시가 연기를 피워내면서 그리운 듯이 아련한 눈빛으로 이야기했다. 어쩌면 허공에 떠오른 어린 날의 엘자를 보고 있는 걸지도 모른다.

엘자는 왕도로 떠난 다음부터 모험가의 길을 걸었다.

순조롭게 임무를 달성하고 모험가 랭크를 착착 올리더니, 마침 내 꿈에 그리던 S랭크 모험가로 승격되었다.

듣자 하니——왕도 역사상 가장 빠르게 S랭크에 도달했다고 한다.

엘자는 S랭크 모험가가 되고 나서 나에게 편지를 보냈는데, 그 때 기뻐하는 내용과 더불어 이런 말을 적어 보냈다.

『저는 왕도에 오기 전에 불안해서 견딜 수 없었습니다. 아버님을 한 번도 제대로 공격하지 못했던 저 같은 사람이, 과연 모험가로서 통용이 될까 하고. 하지만 그런 걱정은 기우에 그쳤습니다. 왕도에 온 이후로 아버님보다 실력 있는 사람은 아직 한 번도 만나지 못했습니다. 가장 가까운 사람이 가장 강했다는 사실을 알게 되었습니다.』

아무리 은퇴했어도 나는 전직 A랭크 모험가였다. 일단 주변 사람들한테는 '차기 S랭크 모험가의 필두'라고 평가받기도 했고.

그런 내가 철저하게 지도해준 학생이 엘자였다.

어디 내놔도 부끄럽지 않을 만한 검술 실력이 있었다.

"아, 그래. 안나는 모험가 길드에 들어가서 열심히 일하고 있지?"

"네. 얼마 전에 드디어 길드 마스터로 승진했다는 편지를 받았습니다. 모험가 길드에서는 최연소라고 하던데요."

"뭐, 그 녀석은 무얼 해도 놀랍지도 않아. 그렇게 유능한 녀석은 흔치 않거든. 길드 마스터가 되어도 이상할 게 없어."

술집 주인은 이 술집을 번창시켜준 안나의 재능을 높이 샀다.

안나는 왕도로 가서 모험가 길드에 직원으로 입사했다.

경쟁률이 높은 어려운 시험이었다는데 안나는 워낙 머리가 좋아서 그 난관을 쉽게 돌파했고, 면접에서는 뛰어난 말재주를 유감없이 발휘해 즉시 내정이 되었다고 한다.

길드 직원이 되고 나서는 접수원으로 근무했는데, 여기서 천부적인 재능을 살려 순식간에 두각을 드러냈다.

그리고 얼마 전에는 마침내 길드 마스터로 승진하기에 이르렀다. 열여덟 살에 길드 마스터가 된 것은 그야말로 이례적인 일이라고 한다.

"메릴의 근황……은 굳이 물어볼 필요도 없지. 그 녀석은 틈만 나면 우리 마을에 돌아오니까."

"하하……."

나도 모르게 쓴웃음을 지었다.

메릴은 어제도 이 마을에 돌아왔다. 목적은 나를 만나는 것이었다.

"나는 일주일이나 아빠를 못 보면 외로워서 죽어버릴 거야—"라고 하면서 메릴은 대체로 일주일에 한 번꼴로 고향에 돌아왔다.

메릴은 왕도의 마법 학교에 들어갔다.

안나의 이야기를 들어보면 여전히 수업은 거의 안 듣는 것 같았다. 그러나 성적은 항상 수석. 신종 마법을 몇 개나 개발했다고 한다.

좀 더 간편하면서도 강력한 위력을 발휘하는 마법 구문을 구축하기도 하고, 마법 약물을 개발하기도 하고, 일반 시민도 마법을 사용할 수 있게 해주는 마도기(魔道器)를 개발하기도 하고. 마법의 역사는 메릴 이전과 메릴 이후로 나뉜다고 할 정도로 눈부신 활약을 하는 모양이다.

우리 딸들은 모두 다 각자의 길을 걸어가면서 열심히 살고 있었다.

"이봐. 카이젤. 행상인이 자네 딸들의 편지를 가져왔어. ——자, 이거. 잘 읽고 답장해줘."

술집 주인이 자기 가게에 온 행상인한테서 전달받은 편지를 나에게 내밀었다. 딸 세 명의 편지가 거기 있었다.

나는 편지를 받아 들고 개봉해서 읽기 시작했다.

근황 보고, 그리고 또다시 나와 함께 왕도에서 살고 싶다는 소망. 마치 서로 짠 것처럼 똑같은 내용이 모든 편지에 적혀 있었다.

"계속 러브 콜을 받고 있지?"

술집 주인이 내 손 안에 있는 편지를 들여다보고 말했다.

"카이젤. 너 이제 슬슬 왕도로 가지 그러냐?"

"네?"

"네 딸들의 생활도 이제는 안정돼서 여유가 생겼을 테니까. 네가 왕도에서 살면, 딸들도 틀림없이 기뻐할 거야."

"하지만 제가 떠나면 이 마을은 누가……."

"아~ 그런 건 걱정하지 마. 네가 어린애들을 잘 훈련시켜준 덕분에 마을 경비원은 충분하고, 밭도 마법 울타리가 있으니 안전해. 너희 집도 나한테 맡겨. 네가 왕도에서 사는 동안에도 잘 관리해줄 테니까. 나중에 또 마음이 내킬 때 돌아오면 돼."

그때 술집 주인은 내 표정을 알아보고 이렇게 말했다.

"아직도 과거를 못 잊은 거야?"

"…………."

나는 반쯤 쫓겨나다시피 왕도를 떠났다. 오명을 쓴 채.

아직도 나를 기억하는 사람이 왕도에 있고, 그것 때문에 우리 딸들한테까지 폐를 끼치게 될지도 모른다.

"괜찮아. 벌써 18년이나 지났잖아. 다들 너를 잊어버렸을 거야. 그 시절과는 이미지도 완전히 달라졌고. 가만히 있으면 안 들킬 거야."

술집 주인이 내 속마음을 꿰뚫어 본 것처럼 말했다. 그리고 내 등을 두드려줬다.

"게다가 사랑하는 딸들이 이렇게 열심히 너를 부르고 있잖아. 아버지로서 그 부탁을 들어줘도 되지 않겠냐?"

"사장님……."

나는 한동안 편지를 들여다보다가 살짝 고개를 끄덕였다.

그래, 맞아. 이 아이들과 같이 살 소중한 기회잖아.

──좋아. 결심했어.

"알았어요. 다시 한번 왕도로 가겠습니다."

18년이란 세월을 보낸 끝에 또다시 왕도로 떠나게 되었다.

제10화

나는 우리 딸들의 요청을 받아들여 왕도로 이사하기로 했다.

편지로 그 생각을 전했더니 딸들이 매우 기뻐했다.

마을을 떠나, 마차를 타고 왕도로 향했다.

우리 마을에서 왕도까지는 마차로 한 반나절쯤 걸리는 거리였다.

새벽에 마을을 떠나서 한낮에는 왕도에 도착했다.

거리에서는 수많은 사람이 돌아다녔고, 박공지붕 집이 좌우에 늘어서 있었다. 우리 마을과는 비교도 안 될 만큼 활기가 넘치는 공간이었다.

──정말 오랜만에 이곳으로 돌아왔구나. 18년 만인가.

에인션트 드래곤을 토벌하는 데 실패하고, 주변 사람들에게 범죄자 같은 취급을 당하면서 도망치듯이 고향으로 돌아간 지 18년.

세월의 흐름은 참 빠르구나.

마차 짐칸에서 내려와 마부에게 요금을 건넸다.

──술집 주인의 말처럼 나를 기억하는 사람은 많지 않을 것이다. 섣불리 내 이름을 밝히지만 않으면, 내 정체를 들키진 않을 것이다.

자기최면을 걸듯이 속으로 그런 말을 중얼거리던──바로 그때.

무장한 기사들이 내 주위를 빙 둘러쌌다.

검이나 창을 들고, 강한 육체를 갑주로 감싼 기사들이었다.

──뭐야?! 내가 무슨 잘못이라두 했나?

내 기억으로는 기사들에게 포위될 만한 짓은 안 했는데.

왕도에 들어오면서 신분증을 제시하지 않았기 때문인가……?

아니, 왕도는 누구나 들어올 수 있을 터.

설마, 여전히 내 악평이 남아 있는 건가? 그래서 기사들이 나를 붙잡으러 온 건가?

기사들이 일제히 움직이려고 하는 것을 눈치챘다.

──싸우려는 건가? 이런 시내 한복판에서?!

하지만 여기서 내가 붙잡힐 수는 없었다.

사랑하는 딸들을 만나야 하니까.

""카이젤 님, 기다리고 있었습니다!""

"……어?"

나는 싸울 준비를 하다가 얼이 빠져버렸다. 사방을 둘러싼 기사들이 일제히 고개를 숙였기 때문이다.

어, 어…….

이게 도대체 무슨 일이지?

"오늘 엘자 기사단장님의 부친께서 도착하신다는 소식을 듣고, 기사단 일동, 환영하러 나왔습니다!"

""왕도에 오신 것을 환영합니다!""

기사들이 일제히 큰 소리로 외쳤다.

통행인들이 무슨 일이지? 하고 이쪽을 쳐다봤다. 저절로 부끄러워졌다.

……아아, 그런가.

아무래도 이 기사들은 엘자의 부하인 모양이었다.

"카이젤 님. 말씀은 여러 번 들었습니다. 엘자 기사단장님에게 검술을 하나부터 열까지 가르쳐주셨다고 들었습니다만."

"으, 응. 그렇지."

""우와!""

기사들이 환성을 질렀다.

"듣자 하니 엘자 기사단장님은 카이젤 님에게 공격을 한 번도 성공시키지 못했다고 하던데요! 그 소문이 진짜입니까?"

"그것도 뭐, 그렇긴 한데……."

""우와아아아!""

기사들이 또다시 환성을 질렀다.

"사상 최연소로 S랭크 모험가가 된 엘자 기사단장님이 전혀 상대가 안 됐다고요……? 카이젤 님의 검술 실력은 정말 굉장하군요……!"

"검성을 뛰어넘는 검성이네요!"

"방금 저희가 카이젤 님을 환영하면서 고개를 숙였을 때도, 방심하지 않고 임전태세를 갖추셨잖아요. 진짜 실력자이십니다!"

아무래도 나를 찬양해주는 것 같았다.

기사들의 눈에는 존경과 선망의 감정이 배어 있었다. 반짝반짝 눈부시게 빛이 났다. 마치 검술을 가르쳐 달라고 하는 마을 소년들 같았다.

──그런데 그때.

"아버님!"

누군가가 기사들을 헤치고 나타났다. 낯익은 여성이었다.

비단 같은 은빛 머리카락.

늠름한 얼굴은 4년 전보다도 훨씬 아름다워졌다.

그 여성은 자신의 머리카락과 똑같은 은백색 가벼운 갑옷을 입고 있었다. 그리고 허리에는 아름답게 장식된 훌륭한 검을 차고 있었다.

그게 누구인지는 금방 알았다.

"엘자! ……많이 컸구나!"

나는 그렇게 말했다.

"그동안 열심히 노력했지? 자신의 꿈을 이루기 위해서."

"네……!"

엘자는 눈물을 글썽이면서 고개를 끄덕였다.

그리고 내 곁으로 다가오더니.

자연스럽게 나에게 기대었다.

"저도 항상, 쭉 아버님을 만나고 싶었어요……!"

"하하. 나도 그랬어. 그래도 오늘부터는 언제든지 만날 수 있게 되었잖아. 엘자도, 안나도, 메릴도."

"네. 정말 기뻐요……!"

엘자는 남의 눈에도 신경 쓰지 않고 내 가슴팍에 머리를 기댔다. 그동안 꾹 참았던 감정이 재회를 계기로 흘러넘친 것처럼.

나는 살며시 엘자의 머리를 쓰다듬어줬다.

엘자는 기분 좋은 것처럼 눈을 감았다. 이 순간 엘자는 S랭크 모험가도 기사단장도 아니라, 순수한 딸의 표정을 짓고 있었다.

기사단 사람들은 흐뭇하게 그 광경을 지켜봤다.

"아, 그런데 안나와 메릴은?"

"안나는 길드 일 때문에 바쁜 것 같고……. 메릴은 온다고 했지만, 아마 아직도 늦잠 자고 있을 거예요."

"못 말리는 녀석이구나……. 메릴은 여전히 마법 학교 기숙사에 있어?"

"네. 메릴은 특별 장학생으로서 마법 학교에 입학했으니까요. 기숙사에 살면, 식사도 잠자리도 무상이에요."

"그렇구나. 그 녀석에게는 최고의 환경인가."

나도 모르게 쓴웃음을 지었다.

"그런데 아버님이 왕도로 이사 오신다는 소식을 듣고는, 자기도 같이 살 거라면서 기숙사를 나오겠다는 소리를 해서……."

"내가 있으면 요리도 빨래도 전부 다 해주리라 생각하는 거겠지. 실질적으로는 기숙사에 사는 것과 별반 다를 게 없겠군."

"메릴은 정말 변한 것이 없네요."

엘자가 기막히다는 듯이 말했다.

"아버님. 이제부터는 어떻게 하실 거예요?"

"우선 살 곳을 찾아야지. 나 혼자라면 줄곧 여관에 머물러도 상관없지만, 메릴도 같이 산다면 그럴 수도 없는 노릇이니."

'다만' 하고 나는 말을 이었다.

"그렇게 하려면 결국 한동안은 여관에 묵으면서 돈을 모아야겠지. 그렇게 모은 돈으로 집을 빌릴 계획이야."

"네, 그럼 저에게 맡겨주세요."

제11화

엘자는 자신에게 묘안이 있다고 했다.

"그 집을 찾는 일 말인데요. 어쩌면 제가 도와드릴 수 있을지도 몰라요."

"엘자, 마음은 고맙다만…… 그, 한심하게도 내가 지금 가진 돈이 별로 없어."

고향에서 일단 돈을 가져오긴 했지만, 왕도에서 집을 빌릴 수 있을 정도의 금액은 아니었다.

"아니에요, 아버님. 걱정하지 마시고 모두 저에게 맡겨주세요. 아마 돈도 필요 없을 거예요."

"뭐? 무슨 소리야?"

"저는 이 나라의 기사단장이니까요! 제 소개라면 무상으로 빈집을 받을 수 있어요."

엘자는 후후 웃더니, 가슴 보호대에 손을 대면서 그렇게 설명을 해줬다.

엘자는 모험가 길드의 S랭크 모험가이자 이 나라의 기사단장──게다가 공주님의 근위병이다. 말 한마디로 집 한두 채 정도는 얼마든지 얻을 수 있나 보다.

"아버님이 왕도로 이사를 오신다는 소식을 듣고, 이 왕도에 있는 빈집을 몇 개 알아놨습니다. 귀족가나 주택가 등 종류도 다양해요. 그러니까 지금부터 저와 함께 집을 보러 가요, 네?"

"의, 의욕이 넘치는구나."

"그야 물론이죠! 앞으로 가족들과 함께 살 집을 찾는 거잖아요. '가장 좋은 집을 찾아야지!' 하고 기합을 넣어야죠."

앞장서는 엘자. 나는 그 뒤를 따라서 왕도의 길을 걸었다.

왕도의 거주 구역은 크게 두 개로 나뉘어 있었다.

가난한 사람이나 중류층이 모여 있는 주택가. 그리고 또 하나는 선택받은 귀족계급의 국민들만 살 수 있는 귀족가였다.

우리가 먼저 방문한 곳은 주택가였다.

주위에는 박공지붕과 벽돌로 된 주택들이 늘어서 있었다.

왕도 전체가 거대한 석벽으로 에워싸여 있어서 부지가 한정되어 있기 때문인지, 건물들이 대부분 좁은 대신 높게 지어져 있었다.

주택가의 건물들은 대부분 도로에 면한 토지에 무계획적으로 세워져 있었는데, 쑥 튀어나온 지붕이 도로에 어두운 그림자를 드리웠다. 그렇다보니 길이 미로처럼 복잡한 곳도 있었다.

"아버님. 주택가의 빈집은 여기입니다."

엘자가 멈춰 선 곳은 3층짜리 집 앞이었다.

"생각보다 훌륭한 집인데?"

나는 그렇게 중얼거렸다.

당장 안을 둘러보기로 했다.

주거 공간은 가족 네 명이 살기에 충분한 넓이였다.

거실과 부엌에 작업장으로 쓸만한 공간도 있었다.

안을 살펴본 다음에 나는 집 밖으로 나왔다.

집 앞에는 분수가 있는 광장이 있었다. 깨끗한 물이 솟아 나오고, 어린아이들이 그 주위에서 즐겁게 뛰어다니고 있었다.

벤치에 앉아 있는 노인이 지팡이를 짚은 채, 뛰어다니는 아이들을 보고 웃으면서 흐뭇하게 멀리서 지켜보고 있었다.

──평화로운 광경이었다.

"아버님, 다음은 귀족가 건물을 보러 가시죠. 이쪽이에요."

"응. 그래."

주택가를 뒤로하고 귀족가로 왔다.

귀족가로 들어가는 길목 양옆에는 기사들이 서 있었다.

그들은 엘자의 모습을 보자마자 아무 말 없이 우리를 통과시켜 줬다.

"오. 귀족가에는 경비병이 있구나?"

무심코 중얼거렸다.

"네. 무슨 일이 있으면 즉시 기사들이 달려오게 되어 있습니다. 그래서 문 앞에 기사가 상주하고 있는 거죠. 다만……."

"다만?"

"아닙니다. 자, 어서 가요."

귀족가에 들어가자 시내의 분위기가 확 달라졌다.

주택가는 무질서하게 주택들이 들어선 데다가 길이 복잡하고 좁아서 미로 같았는데, 그에 비해 귀족가의 건물은 질서 정연하게 배치되어 있었다.

건물들도 하나하나가 널찍하게 지어져 있었다.

"바로 여기예요."

"여, 여기라고……?"

나는 엘자가 가리키는 집을 보고 깜짝 놀랐다.

겉만 보아도 의심할 여지 없는 호화 저택이었다.

넓은 부지에 지어진 2층 건물.

안뜰은 물론, 방어용 석탑까지 딸려 있었다.

건물 내부도 굉장했다.

장식장과 침대, 식기류, 조리도구, 테이블, 의자 등, 모든 가구가 매우 고급스럽고 훌륭한 물건들이었다.

안을 구경하고 나서 우리는 집 밖으로 나왔다.

"아버님, 어떠세요?"

"귀족의 집은 굉장하구나."

──그런데 그때.

"이봐요! 뭐 하는 거죠?!"

귀청이 찢어질 듯한 목소리가 들려왔다.

그쪽을 봤더니 도로에 양산을 쓴 귀족 귀부인 두 명이 있었는데, 그들이 길에 쪼그려 앉아 있는 소년을 맹렬하게 비난하고 있었다.

"당신은 주택가에 사는 아이잖아요?! 허락도 없이 제멋대로 귀족가에 숨어들어 오다니! 마치 시궁쥐 같군요!"

"안 봐도 뻔해요, 도둑질하러 온 거죠?!"

"아, 아니에요! 산책하다가 페로가 귀족가로 들어가는 바람에……. 저는 그냥 데리고 나오려고 했을 뿐이에요…….”

소년이 그렇게 중얼거렸을 때.

“끼잉…….”

옆에 있는 수풀에서 갈색 강아지가 나타났다.

“앗! 페로!”

아마도 소년이 찾고 있던 강아지인가 보다.

“어머나! 주인을 닮아서 더러운 개네요!”

귀부인 중 한 명이 혐오스럽다는 듯이 얼굴을 찡그렸다. 강아
지가 귀부인에게 다가가자, 그녀는 꺅 하고 비명을 지르며 강아
지를 발로 찼다.

“깨갱!”

“뭐, 뭐 하는 거예요?!”

“이 더러운 개가 감히 나한테 가까이 다가오려고 했잖아요?! 이
곳은 귀족이 사는 곳입니다! 천한 것들은 썩 나가주세요!”

“기사들! 이리 와요!”

부름을 받은 기사들이 허둥지둥 이쪽으로 달려왔다.

기사들은 귀부인들의 설명을 듣고 소년과 개를 동정하는 듯한
표정을 짓더니, 어쩔 수 없이 그들을 강제로 데려갔다.

우리는 멍하니 서 있었다. 그때 귀부인들이 우리의 존재를 눈
치챘다. 엘자를 보자마자 그 표정이 거짓말같이 환하게 변했다.

“어머. 엘자 기사단장님 아니세요? 오늘은 무슨 용건으로 오셨
나요?”

소년과 개를 상대하던 그 표독스러운 목소리가 아니라, 아첨하는 듯한 높은 목소리였다.

도저히 동일인의 발성 같지 않았다.

"오늘부터 제 아버님께서 왕도에 머무시게 되어 집을 보고 있었습니다. 이쪽이 제 아버님입니다."

"어머나~ 그랬군요. 아버님이 참 멋지시네요."

귀부인은 "호호호" 하고 아부를 했다.

"예, 먼저 주택가의 집을 보고, 좀 전에 귀족가로 온 참입니다."

"그렇다면 무조건 귀족가로 오셔야지요! 주택가처럼 천한 장소는 엘자 님과 아버님께 어울리지 않아요. 만약 두 분이 귀족가로 오신다면, 같은 귀족가 주민으로서 자부심을 느낄 거예요."

"아뇨. 저는 주택가에서 살 겁니다."

내가 그 말을 가로막듯이 단호하게 말하자, 귀부인들의 표정이 얼어붙었다.

"자, 잠깐만요. 이유가 뭐죠?"

머뭇거리면서 질문을 했다.

"당신들에게는 우리가 이곳에 사는 것이 자부심이 될지 몰라도, 제게 당신들 같은 인간들과 한동네에 산다는 것은 수치일 뿐입니다. 품성은 돈으로 살 수 없는 법이거든요."

내 말에 귀부인들은 어안이 벙벙한 표정을 지었다. 그리고 잠시 후, 치욕을 당한 것을 깨닫고 얼굴이 새빨개졌다.

그러나 엘자가 앞에 있어서 아무 말도 못 하고 부들부들 떨기만 했다.

"그럼 이만 실례하겠습니다."

내 말을 들은 엘자는 그들에게 사과하지도, 나를 나무라지도 않고 돌아섰다.

그렇게 우리는 귀부인을 내버려 두고 귀족가를 떠났다.

"미안하구나. 엘자. 내 마음대로 그런 말을 해서."

"아뇨. 저도 아버님과 같은 심정입니다. 그렇게 말씀해주셔서 속이 시원했어요. 그런 분들과 같은 동네에 살고 싶진 않습니다."

엘자는 미소를 지었다.

그렇구나. 나는 속으로 생각했다. 엘자는 기사단장 자리까지 올라갔지만, 내면은 고향에서 살던 그 시절과 똑같았다.

변함없이 순수하고 올곧은 마음을 지니고 있었다.

제12화

귀족가에서 주택가로 돌아왔다.

결국 우리는 맨 처음에 구경했던 집에서 살기로 했다.

3층짜리 단독주택.

그래도 고향의 초가집에 살던 나에게는 충분히 호화로운 저택이었다.

집 앞에 있는 분수 광장으로 가봤다.

그곳에 사람들이 모여 있었다.

"어? 무슨 일 있나?"

"상당히 시끌벅적한 것 같네요."

나와 엘자는 그쪽으로 다가가서 사람들 틈새로 안쪽 상황을 살펴봤다. 그러자 그 사람들 한가운데에 있는 메릴의 모습이 보였다.

마녀 같은 뾰족모자.

귀여운 동안.

어깨와 배꼽이 드러난, 노출이 꽤 심한 복장. 밑에는 치마를 입고 있었다. 기인 또는 괴짜 같은 독특한 패션이었다.

메릴은 마법으로 탄생시킨 불덩이로 저글링을 하면서 놀고 있었다. 다섯 개의 불덩이가 가볍게 양 손바닥 위에서 빙글빙글 돌았다.

그걸 본 어린이들이 웃으면서 손뼉을 치고 있었다.

어른들도 휘파람을 불며 시끄럽게 소리를 질렀다.

"얍, 얍♪"

그러자 메릴은 기분이 좋아졌는지, 이번에는 물로 곡예를 펼치기 시작했다. 양손에 들고 있는 부채에서 분수처럼 물을 뿜어냈다.

햇빛을 받아 물방울이 반짝반짝 빛났다.

"와, 잘한다─!"

"너무 예뻐!"

관객들은 메릴의 물 곡예를 보고 환성을 질렀다.

"후후─. 자, 마지막. 비장의 무기를 보여줄게~."

그러더니 메릴은 머리 위를 쳐다봤다.

건물 지붕에 의해 조각난 하늘을 향해 불덩어리를 날렸다. 붉은 꼬리를 끌면서 하늘 높이 날아 올라간 불덩어리는 거기서 폭발했다.

엄청난 폭발음과 더불어 빛의 꽃이 활짝 피어났다.

""우와아아아!""

관객들은 불꽃을 보고 우레 같은 박수를 쳤다.

메릴은 감동하는 관객들의 모습을 보고 만족스럽게 활짝 웃더니, 뾰족모자를 벗어들고 고개를 깊숙이 숙여 인사했다.

"잘 보셨으면 관람료 좀 주세요─♪"

관객들이 차례로 그 뒤집힌 뾰족모자 속에 동전을 집어넣었다.

짤랑짤랑.

금세 뾰족모자 안이 동전으로 가득 찼다.

"와, 신난다—! 용돈 생겼다—!"

메릴은 동전으로 꽉 찬 뾰족모자를 뺨에 대고 문지르더니.

"사랑하는 돈. 너무 좋아—♪"

애정을 담아 그렇게 중얼거렸다.

"……메릴. 이제야 일어났어요?"

엘자가 어처구니없다는 듯이 말을 걸었다.

"앗, 엘자! 아빠! 좋은 아침이야~."

"그래. 이미 아침이 아니라 오후지만."

그러면서 나는 쓴웃음을 지었다.

"방금 그건 뭐야? 길거리 공연?"

"응. 아빠랑 엘자가 여기 올 때까지 기다리느라 심심했거든—. 뭐, 그 덕분에 관람료는 잔뜩 받았지만!"

"제법 솜씨가 좋던데."

"이미 여러 번 했으니까—. 다들 내 마법을 보고 기뻐해주는걸. 관람료도 받을 수 있고. 일석이조야~!"

"메릴, 평범하게 일할 생각은 없습니까? 그 정도 실력이라면 어디서나 당신을 스카우트하려고 할 텐데요."

"싫어—. 난 아무한테도 구속당하고 싶지 않아! 앞으로도 쭉— 빈둥빈둥 살고 싶어."

메릴은 떼쓰는 것처럼 말했다.

"못 말리겠군요……."

엘자는 한숨을 쉬고는 말을 이었다.

"그나저나 용케 저희가 이곳으로 돌아올 줄 알았네요?"

"응, 저번에 엘자가 집 후보를 가르쳐줬잖아? 귀족가와 주택가 중에서 고른다면, 아빠는 틀림없이 이쪽을 고를 테니까 여기서 기다리고 있었지."

"메릴, 넌 귀족가에 사는 게 더 좋아?"

"아니, 전혀. 나는 돈은 무척 좋아하지만── 돈을 가지고 있다는 이유로 오만하게 구는 사람은 무척 싫어하거든♪"

메릴은 달콤한 목소리로 독설을 뱉었다.

자기 나름의 신념이 있는 모양이다.

"뭐, 사실 난 아빠와 같이 살 수만 있다면 어디든 상관없어."

메릴은 나한테 달라붙더니 "오랜만에 맡아보는 우리 아빠 냄새~♪"라고 하면서, 놀아주기를 바라는 강아지처럼 어리광을 부렸다.

"오랜만이라니, 일주일 전에도 만났잖아?"

메릴은 일주일에 한 번씩은 고향에 돌아왔었다.

S랭크 모험가 겸 기사단장인 엘자나, 길드 마스터인 안나와는 달리 자유로운 몸이기에 그런 거겠지만.

"어이, 큰일이야! 다들, 좀 이리 와봐!"

우리가 이야기를 나누고 있자니, 갑자기 어디선가 고함이 들려왔다.

우리는 서로 얼굴을 마주 보고는 그 소리가 난 곳으로 향했다. 그러자 다른 분수 앞에 웬 남자가 난처한 얼굴로 우두커니 서 있었다.

"무슨 일 있습니까?" 하고 내가 물어봤다.

"아무래도 이 분수를 움직이는 마도기의 마력이 고갈된 것 같습니다……. 이대로 놔두면 주민들이 쓸 생활용수가 금방 동이 날 겁니다."

그의 말대로 분수에서는 전혀 물이 솟아날 기미가 보이지 않았다. 분수를 살펴보니 그 분수의 받침대에 박혀 있는 구슬처럼 생긴 마도기의 빛이 꺼져있었다.

"메릴. 이런 경우에는 어떻게 하면 되나요?"

엘자는 마도기 개발자인 메릴에게 질문했다.

"간단해, 간단해♪ 마도기에 마력을 주입해주면 돼."

"그래? 그 정도라면 내가 해결할 수 있겠군."

나는 말라버린 분수 안으로 들어가서, 받침대에 박혀 있는 마도기에 손을 댔다. 그리고 마도기 안에 마력을 불어넣었다.

화악……!

빛을 잃었던 마도기가 강렬한 빛을 뿜어냈다.

그 직후——.

다시 분수에서 깨끗한 물이 샘솟기 시작했다.

"오! 물이 다시 나온다!"

남자가 쾌재를 불렀다.

"고맙습니다! 덕분에 살았어요!"

"아뇨, 이 정도는 간단한 일입니다."

"당신은…… 혹시 메릴 님의 아버님이십니까?"

"예? 아, 네. 그런데요."

"역시! 메릴 님이 마도기를 개발해주신 덕분에 저희 같은 서민들도 마법의 혜택을 받을 수 있게 되었습니다. 덕분에 이렇게 편리한 생활을 누릴 수 있게 되었지요. 이 분수가 생기기 전에는 물을 구하는 것만 해도 고생이 이만저만이 아니었으니까요."

그 남자는 내 손을 붙잡더니 정중하게 인사했다.

"정말 감사합니다."

"아뇨. 도움이 되어서 다행입니다."

나는 미소 지으면서 그 남자와 헤어졌다.

그리고 우리 집을 향해 걸음을 뗐다.

"메릴의 마법 기술은 이 세상과 사람들을 도와주고 있구나."

"응, 나 훌륭하지?"

"그래. 정말 훌륭해. 나한테는 과분하게 느껴질 정도로 자랑스러운 딸이야."

"에헤헤—. 머리 쓰다듬어줘—."

나는 메릴의 머리를 다정하게 쓰다듬어줬다.

메릴은 "우후후~" 하고 행복한 표정을 지었다. '도시인의 생활에 혁명을 일으킨 천재'라는 것이 믿어지지 않을 정도로 수줍어하는 모습이었다.

제13화

왕도의 해가 저물었다.

복잡한 건물들 사이로 밤의 어둠이 스며들기 시작했다.

메릴이 개발한 마도기 가로등이 빛을 발했다.

"아버님. 죄송하지만 안나를 데리러 가주실 수 있을까요? 틀림없이 안나도 기뻐할 거예요."

"응, 그래. 알았어."

나는 엘자의 부탁을 받아 안나를 데리러 가기로 했다.

집에서 나와 주택가를 빠져나갔다. 그리고 그대로 큰길에 있는 모험가 길드로 향했다.

잠시 걸었더니 관공서처럼 훌륭한 건물이 눈에 띄었다.

이곳이 모험가 길드의 본거지.

나도 과거에는 이곳에 드나들었다.

모험가가 되었던 열네 살 때부터 은퇴했던 열일곱 살까지 약 3년 동안, 나는 거의 항상 이곳에 다녔던 기억밖에 없었다.

──18년 만인가……

문을 활짝 열고 안으로 들어갔다.

내부의 모습은 대체로 변한 것이 없었다.

드넓은 공간 한가운데에는 의뢰서가 붙어 있는 거대한 게시판이 설치되어 있었다. 모험가는 그중에서 의뢰를 선택해 저 안쪽의 접수처로 가져간다.

접수처에는 길드 접수원이 상주하고 있으므로, 의뢰서를 가져가면 그쪽에서 랭크나 적성 등의 심사를 거쳐 수리해준다.

또 접수원한테서 직접 임무 의뢰를 받을 수도 있다.

길드의 2층은 술집이다. 보통 여기서 임무를 수행하기 전에 작전회의를 하거나, 임무를 달성한 후 뒤풀이 파티를 한다.

──보면 볼수록 그리움이 샘솟는구나.

안나의 모습은…… 보이지 않았다.

이 바깥쪽에는 없는 걸까?

서류를 나르고 있는 접수원에게 말을 걸어보기로 했다.

"저기, 미안한데. 뭐 좀 물어봐도 될까?"

"네. 말씀하세요."

"안나는 여기 있나? 길드 마스터 안나."

"안나 씨는 지금 안쪽 방에서 작업을 하고 계십니다. 볼일이 있으시면 제가 대신 들어드릴 수 있는데요."

"아아, 나는 일 때문에 온 게 아니야. 아마 안나한테 데리러 왔다고 전하면 알 거야."

"데리러…… 아!"

접수원은 뭔가 깨달았는지 눈을 크게 떴다. 그리고 와아! 하고 흥분한 것처럼 내 얼굴을 손가락으로 가리키면서 소리를 질렀다.

"혹시── 안나 씨의 애인이신가요?!"

──엥?

예상외의 추측에 나는 현기증이 나서 비틀거릴 뻔했다.

내가 안나의 애인이라고?

"그나저나 안나 씨, 도대체 언제부터 연애를……? 그것도 이렇게 근사한 연상의 남자를 사귀다니! 안나 씨도 의외로 여간내기가 아니네요!"

접수원은 "꺅~!" 하고 혼자서 난리를 피웠다.

"아니, 저기…… 뭔가 착각한 거 같은데, 나는 안나의 애인이 아니라 아버지야. 오늘부터 왕도에서 같이 살기로 해서 데리러 온 거야."

"네?! 안나 씨의 아버님이시라고요?"

"응."

내가 고개를 끄덕이자, 접수원은 턱을 만지작거리면서 빙그레 웃었다.

"아~! 당신이 '그' 카이젤 씨군요!"

"'그'? 무슨 소리야?"

"안나 씨가 이전에 이야기해줬거든요. 우리 아빠는 성실하고 정말로 믿음직한, 강하고 멋진 사람이라고요. 안나 씨는 모험가 길드 창립 이래 독보적인 속도로 출세해서 천재 미소녀라고 불리는데, 그런 안나 씨가 그렇게까지 칭찬을 하잖아요? 그래서 직원들 사이에서 틀림없이 굉장한 아버님이겠구나 하는 이야기가 됐죠. 이렇게 뵙게 되어서 영광입니다."

"아니, 잠깐만. 거기에도 오해가 있는 것 같은데."

"흐음——, 호오——."

"왜 그렇게 빤히 쳐다보는 거야?"

"카이젤 씨, 소문대로 근사한 분이시네요. 젊고 멋있어요! 배가 불룩 튀어나온 우리 아버지와는 천지 차이예요!"

"하하……."

"그런데 안나 씨와는 별로 안 닮으셨네요?"

"――!"

나는 그 말을 듣고 심장이 멈출 뻔했다.

나와 안나는 닮지 않았다―.

아니, 오히려 그게 당연하다.

나와 안나는 혈연으로 이어진 진짜 부녀가 아니니까.

"아, 미남 미녀란 점은 비슷한데요. 아무튼 부러워요―. 어머님도 분명히 엄청난 미인이실 테죠―."

접수원은 꿈꾸는 듯한 표정을 지었다.

안나의 친어머니……. 앞으로도 내가 그분을 만날 일은 없을 테지만, 미인일 거라는 접수원의 말에는 동감했다.

적극적으로 끊임없이 말을 거는 접수원. 내가 그 기세에 눌려 주춤거리고 있는데, 길드 안에 고함이 울려 퍼졌다.

"그게 뭔 소리야?!"

뭐, 뭐지?!

그쪽을 보니, 모험가처럼 보이는 우락부락한 사나이가 접수처에 있는 여직원을 압박하고 있었다. 대머리인 그 남자의 관자놀이에는 핏대가 드러나 있었다.

눈은 충혈됐고 콧김은 거칠었다. 아무래도 화가 나신 것 같았다.

"가르드 씨. 방금 설명해 드렸잖아요."

"그게 납득이 안 간다는 거 아냐! 됐어, 책임자 불러 와! 책임자! 너 같은 말단하고는 말이 안 통해!"

쾅!

가르드라고 불린 그 남자 모험가는――큼직한 주먹으로 세게 접수처를 두들겼다. 접수원은 비명을 지르며 안으로 들어갔다.

길드 내부가 시끄러워졌다. 접수원들은 모두 다 겁먹은 표정을 짓고 있었다. 다른 모험가들도 그냥 못 본 척하고 있었다.

"가르드 씨, 무슨 일 있으십니까?"

그 와중에 태연한 표정으로 그렇게 말하는 여성이 하나 있었다.

안쪽 문을 열고 나타난 그 사람은――안나였다.

곱게 땋은 머리카락을 왼쪽 어깨 앞으로 늘어뜨리고 있었다.

4년 전보다 훨씬 어른스러워지고 지성미가 넘치는 미모였다.

안나가 입고 있는 제복은 접수원들의 제복보다 고급스러워 보였다. 역시 길드 마스터답다고 해야 하나.

가르드라고 불린 대머리 모험가가 대들듯이 거칠게 말했다.

"무슨 일 있냐고? 있다! 왜 내가 이 임무를 맡지 못한다는 거야?! 이렇게 수지맞는 임무인데!"

"하아……."

안나는 의뢰서를 훑어보더니 가르드를 향해 말했다.

"간단한 이야기입니다. 당신은 아직 C랭크 모험가잖아요? 이 임무는 A랭크 이상의 모험가가 대상입니다."

"그럼 나를 빨리 A랭크로 올려줘!"

"그럴 수는 없습니다. 규정이 있으니까요. 그리고 제 생각을 말씀드리자면, 가르드 씨가 이 임무를 맡는 것은 권장하지 않습니다."

"뭐? 왜?"

"당신의 현재 실력으로는 틀림없이 이 임무를 수행하지 못할 테니까요. 시체가 되어 돌아올 게 뻔한 사람을 파견할 수는 없지요."

"뭣——!"

역린을 건드린 것이리라. 가르드가 눈을 부릅떴다. 통나무처럼 굵은 오른팔로 안나의 멱살을 잡았다.

"너 이 자식! 감히 나를 깔보는 거냐?!"

접수원들이 비명을 질렀다. 나는 끼어들어서 말리려고 했는데 ——당사자인 안나가 눈썹 하나 까딱하지 않는 것을 보고 멈춰섰다. 안나는 귀찮다는 듯이 한숨을 쉬었다.

"어휴……. 꼭 실력 없는 사람들이 자신을 과대평가하는 경향이 있다니까. 죽든 말든 그거야 자기 마음이지만, 그 책임은 우리가 져야 하는데……."

험상궂게 생긴 모험가에게 멱살을 잡혔는데도 무서워하지 않는 담력은 보통이 아니었지만, 상대의 손을 뿌리칠 만한 완력은 없었다.

안나는 주위를 둘러보다가 나를 발견했다. 그 순간, 무슨 아이디어가 떠올랐는지 입가에 엷은 미소를 머금었다.

"좋아. 그럼 이렇게 할까요."

안나는 손가락을 세우면서 말했다.

"당신이 저기 있는 저 사람과 팔씨름을 해서 이긴다면, 그때는 이번 임무를 당신에게 맡기겠습니다."

"갑자기 무슨 소리야? 저놈은 또 뭔데?"

"그는 전직 A랭크 모험가입니다. 다만 18년 전에 모험가를 은퇴해서 오랜 공백기가 있지요. 그런 사람을 상대로 힘겨루기를 해서 진다면, 당신은 아직 임무를 맡을 만한 능력이 없다는 뜻이 됩니다. 그렇죠?"

"반대로 내가 이기면 임무를 맡아도 된다, 그건가?"

"네. 길드 마스터로서 약속하겠습니다."

안나가 고개를 끄덕이자, 가르드는 만족스럽게 코웃음을 쳤다.

"그래, 좋아. ——이봐! 너! 지금 이 계집애가 하는 말 들었지?! 네가 내 발판이 되기 위해 팔씨름을 해줘야겠다!"

"아니, 잠깐만……. 난 아직 아무 말도 안 했는데."

나도 모르는 사이에, 모르는 사람과 싸우게 되었다.

"미안해. 아빠. 그냥 가볍게 해치워줘."

안나가 내 곁으로 다가오더니 사과하면서 그렇게 속삭였다.

……뭐, 우리 딸의 부탁이라면 들어주지 않을 수 없지.

게다가 이 남자는 안나의 업무를 방해하면서 괴롭히고 있으니까.

그 정도면 힘쓸 이유는 충분했다.

"그럼 어쩔 수 없지. 상대해주마."

"옳지, 그래야지. ……흐흐, 미리 말해두는데 단단히 각오하는 게 좋을 거다. 자칫하면 영영 팔을 못 쓰게 될 테니까."

"하하. 살살 해줘."

우리는 술통을 사이에 두고 마주 보면서 서로의 손을 잡았다.

가르드의 상완 이두근이 불룩 튀어나왔다. 뭐, 꽤 열심히 단련한 것 같군. 이 정도면 C랭크 모험가라고 할 만했다.

"준비──시작!"

"으라차차차아!!"

가르드가 온 힘을 다해서 이쪽으로 무게중심을 이동시키려고 했는데──무게중심의 움직임과는 정반대 방향으로 팔이 넘어갔다.

"끄아아아아아앗?!"

술통이 산산조각 났다.

가르드는 내 팔 힘에 눌려 몸 전체로 바닥에 쓰러졌다.

그는 비명을 지르면시 바딕에서 굴러나넜다.

그뿐만 아니라 그의 팔이 비정상적인 방향으로 뒤틀려 있었다.

"아차! 미안! 오랜만이다 보니 내가 힘을 너무 줬어! 괜찮아?!"

"네, 좋아요. 시합 끝. ──이제 알았죠? 당신은 아직 A랭크 모험가의 발끝에도 미치지 못해요."

몸부림치는 가르드를 보면서 안나는 쓴웃음을 지었다.

"……어휴, 듣지도 못하는 것 같네요."

☆

"아빠. 고마워. 덕분에 살았어."

"나는 상관없다만…… 그 모험가한테는 미안하군."

"괜찮아. 그 사람은 예전부터 접수원에게 거칠게 굴어서 평판이 안 좋았거든. 가끔은 따끔한 맛을 보여줘야지."

"그런데 내가 지면 어쩌려고 그랬어? 전직 A랭크 모험가라고는 해도 18년이나 쉬었는데."

"응? 아냐. 난 그런 생각은 안 했는데?"

안나는 어리둥절한 얼굴로 말했다.

"우리 아빠는 세상에서 제일 강하잖아. 누구한테 질 리가 없어."

엄청난 신뢰였다.

"저기, 궁금해서 물어보는 건데. 그것은 길드 마스터로서의 감식안에 의한 평가니? 아니면 딸로서 아빠 편을 들어주는 거니?"

"후후. 그건──둘 다야."

안나는 장난스럽게 웃었다.

……그나저나 모험가 길드에서 내 이름이 언급됐을 때는 깜짝 놀랐는데, 아무도 나를 기억하지 못하는 듯했다.

그래서 내심 인도했지만. 그와 동시에, 마음속에 약간의 껄끄러움이 남았다.

아무리 그래도 나는 당시 최연소 A랭크 모험가였는데. 모험가들이 아무도 내 정체를 알아차리지 못하다니. 왠지 위화감이 느껴졌다.

역시 세월의 흐름은 사람들의 기억을 풍화시키는 걸까?

아니면…….

아냐, 이렇게 생각해봤자 답은 안 나올 거야. 들키지 않는 것이 최고야. 지금 나는 세 딸의 아버지. 그거면 충분하잖아.

제14화

안나를 데리러 갔다가 집으로 돌아왔다.

귀족가와 주택가의 빈집을 살펴본 뒤 결국 주택가에 살기로 했다는 이야기를 안나에게 했다. 그러자 안나는 쿡쿡 웃었다.

"아빠다운 선택이네."

그런가?

"나도 주택가에 사는 게 더 좋아. 귀족가는 숨 막힐 것 같아. 직장도 아닌 곳에서 귀찮은 사람들과 얽히기는 싫어."

"안나, 넌 그동안 어디서 살았니?"

"나는 모험가 길드 옆에 있는 다세대 주택에 세 들어 살았지."

"음, 미안하구나. 직장과 거리가 좀 멀어져서."

"아냐. 신경 쓰지 마. 게다가 아빠가 이렇게 매일 데려다주고, 데리러 올 거잖아? 밤길도 전혀 무섭지 않아."

"뭐? 데려다주고, 데리러 온다고? 내가?"

"후후. 농담이야. 난 메릴이 아니거든?"

이렇게 웃는 안나의 모습을 보니, 새삼스레 이 애가 어른이 되었다는 사실을 실감했다. 엘자와 마찬가지로 고향을 떠나기 전보다 훨씬 더 아름다워졌다.

우리가 집에 들어가자 엘자와 메릴이 환영해줬다.

가족이 전부 다 모였다.

무려 4년 만이었다.

딸들은 자기들끼리 종종 만났던 것 같지만.

"아빠~. 나 너무 배고파~."

"응, 그래. 얼른 밥 해 먹자."

나는 새 부엌에 가서 저녁을 준비하기 시작했다.

"아버님. 도와드릴까요?"

"옜자. 아냐, 신경 쓰지 마. 넌 일하느라 피곤하잖아. 푹 쉬어. 오늘은 네가 좋아하는 토끼 고기 스튜를 만들어줄게."

"토, 토끼 고기 스튜요……?!"

"저기, 아빠. 파이도 있지?"

"응. 당연하지."

토끼 고기 스튜. 미트파이. 오트밀과 흰살생선 뫼니에르.

그리고 고향에서 수확한 채소로 만든 샐러드.

우리 딸들이 좋아하는 음식만 식탁 위에 차려놓았다.

"좋아, 다 됐다."

"와, 저, 정말 맛있어 보여요……!"

"혼자 살면 저절로 식사가 소홀해지니까. 이렇게 본격적인 음식을 먹는 것은 오랜만이네."

"그러면 안 돼. 영양가 많은 음식을 잘 챙겨 먹어야지."

"응, 맞아. 아빠한테 영양 관리를 부탁해야겠다."

"와— 아빠가 직접 해준 음식—♪"

딸들도 기뻐하는 것 같았다.

"자, 이제 먹자. 잘 먹겠습니다."

""잘 먹겠습니다.""

우리는 인사를 한 다음에 식사를 시작했다.

"역시 아버님이 만들어주신 토끼 고기 스튜는 최고예요……! 이걸 먹으면, 다른 음식으로는 만족할 수 없게 된다니까요."

"이제부터 집에 돌아오면, 날마다 집에서 아빠가 만들어주신 맛있는 음식을 먹을 수 있는 거야……? 이러다 우리 모두 타락하게 될 것 같은데."

"난 원래 타락한 인간이었으니까 괜찮아—!"

"괜찮지 않아."

시끌벅적한 식사 자리였다.

딸들이 고향을 떠난 후에는 혼자 식사할 때가 많았다. 역시 식사는 여럿이 함께하는 것이 즐겁구나. 새삼 그것을 실감했다.

식사를 마쳤을 때 엘자가 갑자기 말을 꺼냈다.

"아버님은 내일부터 어떻게 하실 거예요?"

"글쎄……. 일단 일자리를 찾아봐야지."

"뭐—? 아빠, 일할 거야?! 굳이 일할 필요는 없는데—. 엘자와 안나가 버는 돈이면 충분히 먹고 살 수 있잖아?"

"메릴. 당신은 포함이 안 되는구나?"

"응, 나는 일을 안 하니까—. 무직이야~."

나는 씁쓸하게 웃으며 말했다.

"일해야지. 딸한테 얹혀살 수는 없으니까. 연줄 같은 것은 없지만, 그래도 어떻게든 지장을 구해볼게"

왕도에서 경력 없는 30대 인간이 선택할 수 있는 직업은 한정되어 있었다.

고철을 줍거나, 육체노동을 하거나…….

아무튼 우리 딸들을 먹여 살리기 위해서라면 뭐든지 할 것이다.

아무리 힘들고 더러운 일이라도 마다하지 않겠다.

아버지로서 그 정도 각오는 되어 있었다.

"저기요. 아버님. 그게 말인데요."

"응?"

"기사단 사람들이 아버님의 검술 지도를 꼭 받고 싶다고 요청했습니다. 그러니까 기사단 교관이 되어주실 수 없을까요?"

"뭐? 아니, 기사들이 왜 날?"

"그거야 뻔하지. 아빠가 엄청나게 실력 있는 검사니까."

안나가 내 의문에 대답하듯이 말했다.

"엘자가 수도 없이 소문을 내고 다녔는걸. 아버님이 내 검술을 전부 다 가르쳐주셨다. 아직도 나는 아버님에게 일격을 가하는 데 성공하지 못했다고. 그러니까 아빠는 검성을 길러낸 스승님인 거야. 기사단 사람들이 꼭 지도를 받고 싶어 하는 것도 당연하지."

"아하, 그렇군."

엘자는 S랭크 모험가이자 최연소 기사단장이 된 걸물이다. 주변 사람들이 검성이라고 찬양할 정도로 걸출한 검사였다.

그런 엘자에게 검을 가르쳐줬다는 이유로 내가 높이 평가받고 있는 모양이다. 검성의 공격을 한 대도 맞지 않았다는 일화까지 포함해서.

……그러고 보니 기사들을 만났을 때, 그들이 지나칠 정도로 나를 치켜세워줬었지.

"좋아, 그럼 감사히 교관 일을 맡아볼까."

"저, 그런데 있잖아. 나는 아빠가 내 일도 도와줬으면 좋겠어."

"도와 달라니…… 길드 일을?"

"응. 모험가로서. 지금 의뢰가 많이 들어오고 있는데, 인력이 부족해서 높은 랭크의 임무를 해낼 수 있는 사람이 없어. 그런데 아빠는 A랭크 모험가잖아? 아빠가 의뢰를 수행해주면 나도 편해질 텐데."

"글쎄, 그런 말을 해도……. 나는 18년이나 쉬었는데?"

"문제없어. 좀 전에 모험가 길드에서 C랭크 모험가를 힘으로 압도해버렸잖아. 아빠는 여전히 현역으로 활동할 수 있어."

"거참 터무니없는 말을 하는구나."

"나는 길드 마스터가 되고 나서 수많은 모험가를 봤지만, 아빠보다 실력 있는 사람은 본 적이 없어."

안나는 두 손을 모으더니 찡긋하고 윙크했다.

"응? 부탁 좀 할게!"

솔직히 말해서 걱정되긴 했다. 내 정체가 폭로될지도 모른다는 불안. 하지만 좀 전에 모험가들의 반응을 봤을 때 들통날 가능성은 그다지 없어 보였다.

"……알았어. 내가 협력할 수 있는 범위 내에서는 도와줄게."

"후후. 고마워."

"뭐야―? 그럼 안 돼. 아빠는 나랑 같이 길거리 공연을 할 거거든? 둘이서 메릴 극단을 만들어서 돈을 왕창 벌 거야!"

"뭐라고?!"

"메릴. 당신은 성실하게 학교에나 가. 너무 그렇게 땡땡이치면 퇴학당할 거야."

"아― 괜찮아― 괜찮아. 나는 특별 장학생이니까. 마법 발명도 잔뜩 했고. 퇴학당하진 않을 거거든―?"

메릴은 그렇게 말하더니 내 팔뚝에 달라붙었다.

"그러니까 아빠, 같이 있자, 응?"

"하하……."

나는 메릴의 부탁을 듣고 쓴웃음을 지었다.

왕도에 온 첫날.

일자리를 구하기로 고생할 각오까지 했었는데, 우리 딸들과 왕도 사람들의 요청으로 당장 내일부터 바빠질 것 같았다.

제15화

"——하앗!"

엘자가 휘두른 목검의 칼끝이 내 가슴을 찌르려고 날아왔다.

소리가 뒤늦게 들릴 정도로 엄청난 속도와 위력.

나는 그 칼놀림을 눈으로 확인하고, 재빨리 목검으로 그것을 쳐냈다.

"안 끝났어요!"

엘자는 연이어 질풍노도의 검술을 선보였다.

마치 동시에 검 여러 자루를 휘두르는 것 같았다.

나는 그 모든 것을 완벽하게 파악하고 냉정하게 쳐냈다.

기사단 연병장.

기사단 사람들을 단련시켜주는 교관으로서 초빙된 나는 그들의 요청에 응해 엘자와 모의시합을 하게 되었다.

요컨대——.

『검성으로 이름난 엘자 기사단장님과, 그 기사단장님에게 검술을 가르쳐주신 카이젤 님의 싸움을 한번 보고 싶습니다!』

라는 것이다.

나도 엘자와는 오랫동안 검을 부딪쳐보지 못했으므로 그 요청을 받아들였다.

그런데——.

"이봐. 너는 보여? 저 두 사람의 움직임……."

"하, 하나도 안 보여……. 너무 빨라……!"

"엘자 기사단장님의 노도와 같은 맹공. 과연 S랭크 모험가다워. 그런데 카이젤 님은 그 모든 공격을 완벽하게 막아내고 있어……!"

"저 두 사람의 실력은 상식을 벗어났어……!"

기사들은 우리의 움직임을 제대로 파악하지 못했다. 우리 둘이 선보이는 기술 앞에서 그저 넋을 잃고 있었다.

"——이번에야말로!"

엘자는 날카로운 기합 소리를 내면서 혼신의 일격을 날렸다.

속도도 위력도 대단했다.

고향에 있던 시절과는 비교도 안 될 만큼 성장했구나. 매일 쉬지 않고 검술 훈련을 계속해온 성과일 테지.

S랭크 모험가가 된 것도 납득이 갔다.

그러나——.

아버지로서 아직 딸에게 질 수는 없었다.

엘자가 일격을 날린 직후, 딱 한순간의 빈틈. 나는 그 빈틈을 노려 반격에 나섰다.

몸통을 향해 목검을 내리치자, 엘자는 목검으로 그것을 받아냈다. ——그러나 엘자의 목검은 충격을 이겨내지 못하고 부서져버렸다.

"——?!"

"시합 종료."

나는 긴장을 풀고 입가에 미소를 지었다.

"목검이어서 부서진 거지, 진짜 검이었으면 거의 호각이었을 거야. 엘자. 못 본 사이에 부쩍 강해졌구나."

"……역시 아버님은 굉장하십니다. 세월이 흘러도 전혀 실력이 녹슬지 않으시니. 아니, 오히려 한층 더 날렵해지신 것 같습니다."

"그야 그 뒤로도 꾸준히 단련했으니까."

"……결국 저는 이번에도 아버님에게 제대로 일격조차 가하지 못했네요. 오늘은 반드시 해내리라고 다짐했었는데."

엘자는 분하다는 듯이 중얼거리면서도 어쩐지 기뻐 보이는 표정을 짓고 있었다. 내 검술 실력이 여전히 건재하기 때문에 기뻐하는 걸까.

"앞으로도 좀 더 나는 엘자가 넘어야 할 벽으로 남아 있을 거야. 아버지로서의 자존심 같은 거지."

물론 앞으로 몇 년이나 버틸 수 있을지 의문이지만.

그리고 잠시 후. 기사들이 요란하게 박수쳤다.

"어, 뭐야?"

"카이젤 님, 굉장하십니다! 감동했어요!"

"칼놀림은 전혀 보이지 않았지만, 그래도 감명을 받았습니다! 아~ 진짜로 무슨 일이 일어났는지 하나도 알 수가 없었지만요!"

"부디 저희에게도 검술을 지도해주십시오!"

그들은 반짝반짝 빛나는 존경의 눈빛으로 나를 쳐다보고 있었다.

……그렇게 감동할 만한 요소가 있었나?

내가 목덜미를 긁적거리며 난처해하고 있는데──.

"아버님. 저도 부탁드리고 싶습니다. 이 사람들에게 검술 지도를 해주세요. 그것이 결과적으로는 국력 향상에도 도움이 될 것입니다."

엘자가 그런 말을 했다.

"음, 그래. 다른 사람도 아니고 엘자가 부탁하는데. 당연히 승낙해야지."

""오오!""

기사들이 환성을 질렀다.

"카이젤 님이 단련시켜주신다면 우리도 검성이 될 수 있을 거야! 그러면 출세도 할 수 있고, 여자들한테 인기도 많아질 거야!"

"이제 나도 비주류에서 주류가 돼서 신나는 인생을 즐길 거야!"

"엘자 기사단장님도 나한테 관심을 가져주실지 몰라!"

……동기가 불순한 자들이 많구나.

뭐, 어찌 보면 인간답다고도 할 수 있지만.

나는 씁쓸하게 웃었다. 그리고 기사단 사람들 앞에 섰다.

"좋아, 그럼. 오늘부터 내가 자네들에게 검술 지도를 해주겠다. 인정사정 봐주지 않을 테니까 정신 똑바로 차리고 따라와."

""네! 열심히 하겠습니다!""

"대답 좋다. 그럼 우선…… 워밍업으로 갑옷을 입은 채 시내를 50바퀴 뛰고 와."

""네?!""

기사들이 동요하여 술렁거렸다.

"하하. 역시 카이젤 님은 뭔가 다르시네요. 재미있는 농담이에요. 이렇게 무거운 갑옷을 입은 채 시내를 50바퀴 뛰고 오라니요."

"아니, 농담이 아니야. 나와 엘자가 고향에 있었을 때는 이 정도 훈련은 밥 먹듯이 예사롭게 해냈다고."

"…………."

"자. 다들 가. 어서 가."

나는 짝짝 손뼉을 치면서 기사들을 재촉했다.

"야, 이거 진짜냐?"

"농담이 아니라고……?!"

기사들은 질린 표정을 지었지만, 그래도 결국 저쪽으로 뛰어갔다.

철컹철컹 갑옷 소리가 높이 울려 퍼졌다.

몇 시간쯤 지나자 기사들이 다 죽어가는 얼굴로 돌아왔다. 골인하자마자 마치 실이 끊어진 꼭두각시 인형처럼 쓰러졌다.

다들 바닥에 벌렁 드러누워 헉헉 거칠게 숨을 몰아쉬고 있었다.

"제군들. 열심히 잘했어."

나는 그들에게 위로의 말을 건넸다.

"다, 다행이다. 드디어 끝났어……."

"이제 우리도 검성이 될 수 있어……. 인기 없는 비주류 기사가, 이제 인기 있는 주류 기사로 다시 태어나는 거야……!"

"자, 그럼 지금부터는 근육 운동으로 넘어갈까. 팔굽혀펴기, 복근 운동, 등 운동을 500번씩 한다. 그다음에는 허공에 대고 검 휘두르기 1,000번.”

““——?!””

기사들의 얼굴이 굳어졌다.

“아버님! 잠깐만요! 감히 한 말씀 드리자면, 첫날부터 이런 훈련량은 좋지 않다고 생각합니다!”

엘자가 나에게 그렇게 말했다.

“에, 엘자 님……!”

“그, 그렇지?! 아무리 그래도 이건 좀 심하지……?”

“우리가 고향에 있었을 때는 이보다 두 배나 되는 훈련 메뉴를 소화했잖아요? 이 정도로는 부족하지 않나요?”

““——헉?!””

“아니, 처음부터 갑자기 엄격하게 훈련을 시키면 힘들어하지 않을까? 그래서 처음에는 가볍게 하면서 서서히 익숙해지게 만들려고 했는데.”

“아, 네. 그런 것이었군요.”

우리는 서로 마주 보면서 미소 지었다.

“이, 이게 가볍게 하는 거라고……?!”

“카이젤 님과 엘자 기사단장은, 고향에 있을 때, 이보다 더 심한 훈련을 날마다 했다는 거야……?!”

“괴, 괴물 같은 부녀……!”

“검성이 되려면 재능뿐만 아니라 노력도 장난 아니게 필요한 거였구나!"

　기사들이 전율하는 것처럼 중얼거렸다.

제16화

기사단 지도를 마치자, 기사들은 하나같이 완벽하게 탈진해버
렸다. 틀림없이 내일은 근육통 때문에 괴로워할 것이다.

그러나 매일 계속하다 보면 분명히 강해질 것이다.

나는 기사단 연병장을 뒤로하고 모험가 길드로 향했다. 안나가
도와 달라고 나에게 요청했기 때문이다.

문을 열고 길드 건물 안으로 들어갔다.

수많은 모험가가 모여 있어서 시끌벅적했다. 직원들도 바빠 보
였다. 오늘도 다양한 도시와 마을에서 의뢰가 들어오는 것 같았다.

"앗! 안나 씨 아버님, 안녕하세요?"

접수원인 금발 여성이 나에게 말을 걸었다.

"아, 당신은 저번에……."

"모니카입니다!"

금발 접수원——모니카는 헤헤 하고 웃더니 이야기를 계속했다.

"카이젤 씨! 제가 다 봤어요~. 전에 가르드 씨와 팔씨름했던
거! 콰~앙! 화악~! 해서, 진짜 굉장했어요!"

"하하. 고마워."

"가르드 씨는 직원을 상대로도 함부로 대해서 다들 안 좋아했
거든요. 카이젤 씨가 그 사람 코를 납작하게 만들어줘서 속이 후
련했어요~!"

"응, 잘됐네."

"오늘은 무슨 볼일로 오셨나요?"

"안나가 불러서――아. 저기 있네."

"아빠! 마침 잘 왔어!"

안쪽에 있던 안나가 나를 발견하자마자 표정이 환해졌다. 안나가 이리 오라고 손짓했으므로 나는 시키는 대로 가까이 다가갔다.

"왜, 무슨 일 있어?" 하고 물어봤다.

"무슨 일이 있는 정도가 아니야. 정말로 인력이 부족하다니까. 아빠한테 부탁하고 싶은 임무가 있는데."

"부탁하고 싶은 임무?"

"응. B랭크 임무. 좀 전에 들어온 긴급 임무야. 그런데 지금 이 임무를 맡을 수 있는 모험가는 다 나가고 없거든. 남아 있는 후보 모험가들에게 말을 걸어봤지만 모두 수지가 안 맞는다면서 쌀쌀맞게 거절했어. 오늘 내로 토벌하지 않으면, 출현한 오거가 인근 마을을 습격해서 피해가 생길 수도 있는데."

안나는 초조한 것처럼 자기 머리카락을 마구 헤집었다.

"아, 진짜! 랭크가 높은 임무를 맡을 수 있는 모험가는 수가 너무 적고, 자기중심적인 고집쟁이들만 많아서 미치겠다니까~!"

……정말 고생하는구나.

나는 전직 모험가이므로 안나의 심정은 진심으로 이해할 수 있었다.

모험가는 기본적으로 자존심이 강한 놈들이 많았다. 게다가 다들 괴짜였다. 랭크가 높아질수록 그런 경향은 더욱 강해졌다.

엘자처럼 성실하고 랭크가 높은 모험가는 상당히 보기 드물었다.

"알았어. 그렇다면 내가 다녀올게. 그냥 놔두면 마을 사람들이 습격을 당할 수도 있으니까."

"역시 아빠밖에 없어! 고마워, 덕분에 살았어!"

안나는 두 손을 맞잡고 환한 표정을 지었다.

"그럼 모든 절차는 이쪽에서 밟아둘 테니까. 잘 부탁해! 자, 이거. 그 마을로 가는 지도를 줄게."

"음, 그래. 꽤 가까운 마을이네."

나는 지도를 보고 말했다.

"이 정도면 저녁 전까지는 돌아올 수 있겠어."

"응. 조심해서 다녀와."

"자, 잠깐! 잠깐만요!"

불쑥 끼어드는 사람이 있었다. 좀 전의 그 금발 접수원이었다.

"응, 왜? 모니카" 하고 안나가 말했다.

"카이젤 씨, 혼자 임무를 수행하러 간다고요?! 오거 토벌 임무인데요?! 보통은 여러 명이 한꺼번에 해야 하는 일이잖아요!"

"어쩔 수 없잖아? 인력이 부족한걸."

"무모한 짓이에요! 안나 씨, 아버님이 소중하지 않으세요?! 실은 원한이라도 품고 있는 거예요?!"

"모니카, 무슨 말을 하는 거야? 내가 아빠한테 원한을 품을 리가 없잖아."

"그렇다면 더더욱 이건 말이 안 되잖아요! 혼자서는 불가능하다고요! 적어도 세 명 정도는 더 딸려 보내야죠!"

"우리 아빠는 강하니까 혼자서도 괜찮거든? 응, 그렇지?"

안나는 나를 향해 눈짓했다.

"음, 그래. 물론 임무에 '절대적 성공'이란 것은 없지만."

"카이젤 씨. 지금 딸인 안나 씨가 눈앞에 있다고 허세 부리는 거예요? 어휴. 네, 그럼 하다못해 명복이라도 빌게 해주세요……!"

"아니, 멋대로 나를 죽이지 말아줄래?"

나는 쓸쓸하게 웃었다. 그리고 모험가 길드를 떠나 임무를 수행하러 갔다.

☆

안나가 준 지도를 참조하면서, 오거 목격담이 나온 마을로 향했다.

마을에 도착하자마자 마을 사람들의 이야기를 들었다. 그 후 그놈이 출몰한다는 가까운 산으로 들어갔다.

기척을 살피면서 나무들을 헤치고 나아갔다.

10분이 채 지나기도 전에 오거와 마주쳤다.

정수리에 뿔이 두 개 났고, 바위산처럼 튼튼한 육체를 지닌 존재였다. 눈에서는 이성의 빛이 느껴지지 않았다. 살기등등한 눈동자였다.

──좋아. 이러면 저녁 전까지는 돌아갈 수 있겠다.

나는 허리에 찬 검을 뽑아 들고 오거 앞에 뛰어들었다. 그놈은
나를 인식하자마자, 그 내부에 감춰둔 살기를 우렁찬 포효로 발
산시켰다.

"쿠가아아아아아아아아!!"

☆

날이 저물어갈 무렵, 나는 다시 왕도의 모험가 길드로 돌아왔다.

"앗! 카이젤 씨! 돌아왔네요?!"

모니카가 허둥지둥 이쪽으로 달려왔다.

"아하~. 카이젤 씨. 그냥 도망쳐서 돌아온 거군요? 오거한테
혼자 덤비는 것이 무서워져서 그런 거죠?!"

모니카는 사정을 다 이해했다는 표정을 지으면서 내 어깨를 가
볍게 두드렸다.

"부끄러워할 필요 없어요. 목숨이 제일 중요한 거니까요. 자,
충분한 인원을 모으고 만전을 기해서 다시 출발합시다."

"이미 실패했다고 단정 짓고 말을 하는구나……."

그러면서 내가 쓴웃음을 짓고 있는데.

"아빠. 어서 와. 금방 끝났네?"

"응, 의외로 오거를 빨리 만났거든.　　자, 이제 오거의 뿔이야.

109

쓰러뜨리는 것보다도 해체하느라 시간이 더 걸렸어."

나는 허리에 찬 가죽 주머니에서 뿔 두 개를 꺼냈다.

오거의 정수리에 나 있던 뿔이었다.

"으허어어어어억?!"

뿔을 본 모니카는 펄쩍 뛸 정도로 놀랐다.

"카이젤 씨, 정말로 오거를 쓰러뜨린 거예요?! 혼자서?! 아니, 이렇게 단시간 내에?!"

"내가 말했잖아? 우리 아빠는 강하다고."

안나는 의기양양한 표정을 지었다.

"우와아……. 안나 씨의 아버님은 정말로 굉장한 분이시네요" 라고 하면서 모니카는 마치 먹이를 기다리는 잉어처럼 입을 뻐끔거렸다.

"그동안 무시해서 죄송합니다!"

"뭐야, 날 무시했었어?"

나도 모르게 씁쓸하게 웃었다.

어쨌든 아버지로서 딸을 도와줄 수 있어서 다행이었다.

　우리 가족의 아침은 왕도의 일반적인 사람들보다도 일찍 시작됐다.

　세 딸 중에서 맨 먼저 일어나는 사람은 엘자였다.

　아직 해가 뜨지도 않은, 밤의 잔재가 남아 있는 시각에 이부자리에서 빠져나왔다.

　엘자는 아침 훈련을 하는 것이 일과였다. 고향에 있던 시절부터 단 하루도 거르지 않았다. 그것이 현재 실력의 밑바탕이 된 것이리라.

　다음으로 눈을 뜨는 사람은 안나였다.

　안나는 아침 식사를 하기 전까지 왕도의 모든 신문을 읽었다.

　길드 마스터로서 세상의 동향을 살펴볼 필요가 있는 것이리라. 부단한 노력으로 안나는 지금과 같은 지위를 손에 넣은 것이다.

　참고로 나는——.

　딸들보다 먼저 일어났다. 아침을 준비해야 하기 때문이다. 딸들이 오늘 하루도 기운차게 활동할 수 있도록 내 솜씨를 발휘했다.

　그리고 맨 마지막에 일어나는 사람이 메릴이었다.

　엘자가 해 뜨기 전, 안나가 해 뜨는 순간에 정확히 일어난다면, 메릴은 해가 다 떴는데도 여전히 이불 속에 있었다.

　엘자와 안나가 출근한 뒤, 나는 메릴의 잠자리로 향했다.

　"얘, 메릴. 그만 일어나."

"으음~. 조금만 더……. 딱 10분만 더~."

"이 문답을 두 시간 전부터 반복하고 있잖아? 아침밥도 다 됐어. 빨리 일어나서 먹어야지, 안 그러면 다 식어버릴 거야."

"아빠. 나 입 벌리고 있을게. 먹여줘~."

"너 진짜……. 난 네 전속 돌보미가 아니라고."

뭐, 실제로는 그와 비슷한 느낌이지만.

"이러다가 너 마법 학교에 지각한다."

"오늘은 날씨가 좋으니까 쉴래~."

"그럼 비 오는 날에는 학교 갈 거야?"

"비 오는 날에는, 젖으면 감기 걸리니까 쉬어야지. 비에도 지고. 바람에도 진다. 나는 그런 사람이 되고 싶네……."

"결국 어떤 날에나 안 간다는 뜻이잖아!"

나는 휴 하고 한숨을 쉬었다. 그런데 그때.

똑똑.

현관문 두드리는 소리가 났다.

"네, 누구세요?"

문을 열었다. 현관 앞에는 한 여성분이 서 있었다.

머리를 단정하게 묶고 안경을 쓴 차가운 미인. 학교 제복처럼 보이는 옷을 입고 있었다. 더없이 성실해 보이는 인물이었다.

"어, 저. 당신은 누구시죠……?"

"처음 뵙겠습니다. 저는 이레네라고 합니다. 마법 학교 강사로 일하고 있지요. 여기가 메릴 씨네 집, 맞습니까?"

"네. 메릴은 제 딸입니다만."

"그럼……."

"저는 메릴의 아버지입니다. 카이젤이라고 합니다."

"그렇군요. 젊어 보이셔서 오빠이신 줄 알았습니다. 카이젤 씨. 당신의 소문은 예전부터 들었습니다."

"소문……이요?"

"네. 메릴 씨가 자주 이야기했습니다. 정말로 좋아하는 아빠가 있다고. 나중에는 꼭 아빠랑 결혼할 거라고."

"아, 하하……."

메릴, 이 녀석. 그런 이야기를 떠벌리고 다녔다고?

"그런데 이레네 씨는 무슨 일로 여기 오신 겁니까?"

"습관적으로 땡땡이치는 메릴 씨를 데리러 왔습니다."

"그렇군요."

나는 납득했다. 그리고 집 안을 돌아보면서 메릴을 불렀다.

"메릴. 마법 학교 선생님이 데리러 오셨다."

"나 없다고 해―."

"다 들립니다. 메릴 씨."

"으하악?! 아, 깜짝이야?!"

어느새 머리맡에 와서 서 있는 이레네. 메릴은 놀라서 벌떡 일어났다. 흐트러진 잠옷 어깨 부분이 흘러내려 오른쪽 어깨가 드러났다.

"자, 학교에 갑시다. 특별 장학생인 당신은 등교할 의무가 있어요. 학교 간다고 할 때까지는 안 돌아갈 겁니다, 알았죠?"

"아~ 싫—어—! 난 학교에는 안 갈 거야!"

"이유가 뭡니까?"

"모처럼 아빠와 같이 살게 되었는걸! 학교에 가면 헤어져야 하잖아!"

메릴은 내 곁으로 다가오더니 내 팔을 꼭 끌어안았다.

"난 아빠랑 온종일 같이 있을 거야—!"

"따님이 엄청난 파더 콤플렉스군요."

이레네는 어처구니없다는 듯이 안경 코걸이를 손가락으로 밀어 올렸다.

부모인 나로서는 그저 죄송합니다! 하고 진심으로 사과할 수밖에 없었다.

이레네는 잠시 턱을 어루만지며 생각에 잠겨 있었다. 그러다가 문득 뭔가 생각난 것처럼 말했다.

"그럼 이렇게 하시죠."

"예?"

"메릴 씨는 아버님과 헤어지기 싫은 거죠? 그렇다면 아버님이 학교에 계시면 등교를 한다는 뜻이잖아요?"

"'네?'"

나와 메릴은 동시에 그런 소리를 냈다.

"그게 도대체 무슨……."

"카이젤 씨. 마법 학교 강사가 되어주실 수 없을까요? 그러면 메릴 씨도 학교에 다닐 거라고 생각해요."

"가, 강사요?"

"네, 물론. 그에 상응하는 급료를 드리겠습니다. 마법 실력은 상관없습니다. 최소한의 마법만 사용할 수 있으면 됩니다."

"일단 마법을 배우긴 했습니다만……."

"그럼 문제없네요. 실례지만 카이젤 씨, 지금은 어떤 일을 하고 계십니까?"

"이렇다 할 직업은 없습니다만……. 기사단 교관으로 일하거나 가끔 모험가 활동을 하고 있습니다."

"과연. 그럼 시간 강사로 하면 되겠군요. 이러면 다른 일도 병행하실 수 있을 테고요."

이레네는 그렇게 말하더니 한 마디 덧붙였다.

"어떠세요? 이 제안을 받아들이시겠습니까?"

"으음……."

"아빠가 강사가 된다고? 그럼 학교에서도 사이좋게 지낼 수 있는 거네?! 그렇다면 나도 학교에 갈지 몰라!"

메릴은 신이 난 목소리로 말했다.

"메릴 씨도 이렇게 말하는데요."

이레네는 기회는 이때다 하고 안경을 번쩍 빛내면서 나를 압박했다.

"알겠습니다. 제안을 받아들이지요."

이렇게 해서 메릴이 학교에 성실하게 다니게 된다면, 거절할 이유가 없다.

"협조해주셔서 감사합니다. 업무 자체는 전임 강사 옆에 있기만 하면 됩니다만, 마법 학교는 마력이 없는 사람이 장시간 머무르면 컨디션이 이상해지는 경우도 있습니다. 고로 카이젤 님에게 마력이 있는지를 확인하고 싶은데, 괜찮을까요?"

"네, 알겠습니다."

"그럼 이 수정 구슬을 손으로 만져주시겠어요? 그러면 수정을 만진 사람이 가진 마력량에 따라 수정이 빛을 발할 겁니다."

이레네가 수정 구슬을 꺼내서 내 앞으로 내밀었다.

나는 수정 구슬을 양손으로 만졌다.

수정 구슬은 마력을 감지하고 빛나기 시작했다.

중심에서 태어난 빛은 눈 깜짝할 사이에 구슬 전체로 퍼졌다.

"앗?! 비, 빛이 이렇게 강하다니⋯⋯! 믿기지 않는군요! 이 마력량은──저, 아니 다른 강사들조차 훨씬 능가하는 수준인데⋯⋯?!"

이레네는 도저히 믿을 수 없다는 표정을 지었다.

"카이젤 씨! 즉시 학교까지 동행해주시겠습니까?! 일단 당신을 교장 선생님께 소개해드리고 싶습니다!"

"네? 아, 네⋯⋯."

그리하여 나는 느닷없이 마법 학교에 가게 되었다.

제18화

이레네는 나를 마법 학교로 데려갔다.

메릴도 같이 따라왔다.

"아빠가 간다면 나도 갈래—♪"라고 하면서.

마법 학교는 왕도의 중심부에 있었다.

광대한 부지 내에 훌륭한 학교 건물이 세워져 있었다.

호사스럽게 조각된 문을 지나 학교 안으로 발을 들여놓았다.

건물 안에 있는 교실에서는 수업이 진행되고 있었다.

본관 4층에 있는 교장실 앞에 도착했다.

이레네가 노크를 두 번 하고 쌍여닫이문을 열었다.

실내는 차분한 디자인이었다.

접대용 테이블이 바로 앞에 있었고, 안쪽에는 기다란 사무용 책상이 놓여 있었다.

그 책상의 의자에 조그만 여자아이가 앉아 있었다.

막대사탕을 입에 물고 거만하게 앉은 자세였다.

아무리 봐도 겉모습은 열 살쯤 된 어린 소녀인데…….

"저분이 우리 학교의 교장이신 마릴린 선생님입니다."

이레네 말로는 교장 선생님이라고 한다.

진짜로 어린 여자아이인가, 아니면 마법의 힘으로 그 모습을 유지하고 있는 건가. 유능한 마법사 중에는 그런 일이 가능한 사람도 있었다.

실은 내 용모도 다소 바꾼 것이다.

……진짜 여자아이라면 그건 또 그것대로 놀라운 일이지만.

"이레네. 거기 그자는 뭐 하는 놈이냐?"

"메릴 씨의 아버님——카이젤 씨입니다. 메릴 씨를 등교시키기 위해서, 이분에게 우리 학교의 시간 강사가 되어 달라고 부탁드리고 싶습니다. 다만 제가 독단적으로 결정할 수는 없으니까요. 교장 선생님의 허가를 받기 위해 이분과 동행했습니다."

"흐음……."

교장——마릴린이 유심히 나를 살펴봤다.

"실은 이 카이젤 씨의 마력량을 계측해봤는데, 저나 다른 강사진을 능가하는 마력량을 가지고 계신 것 같아서……."

"이놈이 보통내기가 아니란 것은 금방 눈치챘다. 이레네가 나를 교장이라고 소개해도 그다지 놀라지 않더구먼. 거참 대단해. 보통 인간이라면 이, 이런 여자아이가 교장이라고요?! 하고 시시한 반응을 보여줄 터인데. 자신의 인식에 제한을 두지 않는 것은 일류라는 증거야."

마릴린은 히죽 웃더니 입을 열었다.

"이봐. 그대가 이 학교의 강사가 되겠다고?"

"네. 물론 교장 선생님이 허락해주신다면."

"마법은 어느 정도 사용할 수 있나? 오대 마법은? 불, 물, 바람, 흙, 번개 속성 중 몇 가지 마법을 습득했나?"

"오대 마법은 일단 전부 다 습득했습니다."

"뭐라고요——?!"

이레네는 안경 속의 눈을 휘둥그렇게 떴다.

"한 개만 습득해도 어엿한 마법사, 세 개를 습득하면 일류 마법사라고 칭찬받는 이 와중에, 오대 마법을 전부 다……?!"

"나한테 마법을 가르쳐준 사람이 우리 아빠인걸——♪" 하고 내 팔뚝에 매달린 메릴이 자랑스럽게 말했다.

"개교 이래 최고의 천재인 메릴 씨에게 마법을 가르쳤다고요……? 카이젤 씨가 그 정도 능력자란 말인가요……?!"

이레네는 당혹감을 감추지 못하면서 말했다.

"그런데 언뜻 들은 소문으로는, 그 유명한 기사단장 엘자 씨에게 검술을 가르쳐준 사람도 카이젤 씨라고 하던데요……?"

"맞아♪ 아빠는 나한테 마법을 가르쳐주고, 엘자한테는 검을 가르쳐줬어. 아빠는 검도 마법도 잘 쓰는 사람이야~."

"왕도가 자랑하는 두 명의 천재를 이분이 육성하신 건가요……?!"

"그렇군. 강사로서의 소양은 충분히 있다는 것이구나. 이미 두 사람을 길러냈으니."

마릴린은 입가에 엷은 미소를 머금었다.

"——그래. 이참에 그대의 마법을 우리에게 보여주지 않겠나? 아, 긴장할 것 없어. 가벼운 유희 같은 것이니까."

☆

우리는 연습장으로 향했다.

내 눈앞에는——연습용 모형 같은 과녁이 준비되어 있었다.

설명으로는, 저 과녁에 마법을 쏘면 그 마법을 흡수해서 위력을 수치화해준다고 한다.

마릴린은 팔짱을 낀 채 나에게 말했다.

"단순히 마법을 보기만 하는 것은 재미없지 않은가. 뭔가 응용 마법을 보여다오, 카이젤. 그대의 마법 중에서 가장 위력이 강하다고 자부하는 놈을 마음껏 발사해봐."

"가장 강한 마법을요……?"

글쎄. 어쩔까.

"아빠~ 파이팅~ ♪"

"저, 이레네는 당신의 마법을 보고 한 수 배우도록 하겠습니다!"

메릴과 이레네가 반짝이는 눈으로 나를 지켜보았다.

좋아. 그럼 이걸로 하자.

나는 피로할 마법을 정하고, 과녁과 정면으로 마주 봤다.

상대는 과녁에 불과하므로 움직이지는 않는다. 고로 평소 같으면 주문 영창 없이 마법을 사용할 텐데, 보다 위력을 강화하기 위해 주문을 외웠다.

"작열하는 업화(業火)의 불꽃이여, 내 손에 모여들어 모든 것을 파괴하라!"

오른손을 과녁 쪽으로 들어 올렸다.

"앱솔루트 버스트!"

그 순간──집약된 불꽃이 대폭발을 일으켰다.

과녁 주위의 지면이 크레이터처럼 푹 파였다. 이윽고 흙먼지가 사라졌을 때는, 좀 전까지 있었던 과녁이 깨끗이 사라지고 없었다.

"헉······?!"

안경이 미끄러져 내려갈 정도로 깜짝 놀란 이레네.

"오. 과녁까지 통째로 날려버린 건가."

마릴린은 호전적인 미소를 지었다.

"게다가 방금 그것은 폭렬 마법──불 마법의 응용이지. 제법이야. 강사 수준을 아득히 초월했구나."

"우리 아빠, 합격이야?" 하고 메릴이 물어봤다.

"물론이지. 시간 강사가 아니라 전임 강사로 채용하고 싶을 정도야. 카이젤. 지금 다른 일은 무엇을 하고 있느냐?"

"기사단 교관과 모험가로서 일하고 있습니다."

"흠. 기사단 교관이라. 돈은 얼마나 받고 있지?"

"네?"

"사례금 말이야. 사례금. 이 학교에서는 그보다 세 배를 더 주마."

"세, 세 배요?!"

"인재를 확보하기 위해서는 돈을 아끼지 않아. 그대와 같은 일재를 기사단 놈들에게 넘겨주기는 너무 아깝거든."

마릴린은 나를 높이 평가해주는 것 같았다.

결국 전임은 아니고 시간 강사가 되기로 했다.

일주일에 약 2~3일 근무.

그래도 보수는 파격적이었다.

어쩌면 전임 강사보다도 돈을 더 많이 받는 게 아닐까.

마릴린은 나에게 전임 강사가 될 것을 권유했다. 제시된 금액은 눈이 번쩍 뜨일 만큼 엄청났다. 석 달만 일해도 집을 지을 수 있을 정도였다.

그런데도 시간 강사를 선택한 이유는 우리 딸들 때문이었다.

내가 전임 강사 제안을 거절했을 때 마릴린은 그 이유를 물었다.

보수에 불만이 있다면 내가 부르는 값으로 고용하겠다는 말까지 했다.

"돈이 문제가 아닙니다. 이것은 내 신념의 문제입니다."

나는 마릴린에게 그렇게 대답했다.

엘자가 나에게 부탁한 기사단 지도 업무를 소홀히 할 수는 없었다.

또 모험가로서도 활동할 만한 시간적인 여유는 확보해야 했다. 안 그러면 안나의 일도 도와주지 못할 테니까.

"그렇군. 돈보다도 의리와 인정을 우선시하는 것인가. 더더욱 마음에 드는구면."

내 대답을 들은 마릴린은 좀 더 짙은 미소를 지었다. 그리고 더 이상 나를 붙잡지는 않았다.

이리하여 나는 세 번째 직업을 가지게 되었다.

제19화

마법 학교를 뒤로하고 우리 집으로 돌아왔다.

해가 지자 기사단 일을 마치고 귀가한 엘자, 또 마법 학교에서 돌아온 메릴과 함께 즐겁게 저녁밥을 먹었다.

안나는 오늘 바빠서 집에 못 올 것 같다고 아침에 말했었다.

지금쯤 모험가 길드에서 야근하고 있을 것이다.

나는 식사를 마치고 모험가 길드로 안나를 데리러 갔다.

밤도 깊어진 길드 안에서 모험가들의 모습은 눈에 띄지 않았지만, 직원들이 아직도 남아서 바쁘게 일하고 있었다.

"으아~. 이러다 과로로 죽겠어요."

접수원 모니카가 큰 소리로 푸념을 흘렸다.

"길드 접수원이 되면 날마다 정시 퇴근을 하고, 월급도 많이 받고, 잘생긴 모험가와 결혼할 수 있을 줄 알았는데~!"

"모니카. 말도 안 되는 꿈을 꾸기 전에 부지런히 손을 움직이렴. 안 그러면 날짜가 바뀌기 전에 퇴근하지 못할 거야."

"히이잉~!"

"둘 다 고생이 많아" 하고 나는 말을 걸었다.

"앗! 카이젤 씨!"

"아빠. 왜 여기까지 왔어?"

"안나, 네가 야근한다는 말을 들었으니까. 어떤가 하고 살펴보러 왔지."

"고마워. 저기, 그런데 여기까지 와서 기다리기만 하면 지루하잖아? 자, 아빠. 이 서류 정리해줄래?"

"뭐?"

"지금은 아무한테나 도와 달라고 해야 할 상황이야. 응? 부탁할게."

"카이젤 씨! 저도 좀 부탁드릴게요! 이러다간 아침까지 직장에서 일해야 할 판이에요!"

안나와 모니카가 두 손을 모으고 간청했다.

"음, 그래. 그럼 하는 수 없지. ……그런데 괜찮겠어? 길드 직원도 아닌 내가 서류 작업을 맡다니."

수비의무(업무상 알게 된 사실을 비밀로 해야 할 의무)란 측면에서 문제가 되지 않을까?

"그건 괜찮아. 이 모험가 길드의 책임자는 나잖아. 게다가 아빠가 기밀정보를 다른 사람에게 흘린다는 것은 있을 수 없는 일이니까."

나를 신뢰해주는 것 같았다.

나는 안나가 준 서류를 받아서 사무를 보기 시작했다. 일하는 사람이 늘었으므로 그 작업은 날짜가 바뀌기 전에 끝났다.

"다 끝났다~!"

모니카가 늘어지게 기지개를 켜면서 말했다.

"카이젤 씨가 계셔서 살았어요. 서류 작업도 잘하시네요! 모험가니까 일을 대충대충 처리하실 줄 알았는데."

"후후. 아빠는 뭐든지 다 잘해. 아무튼 모처럼 일도 끝났으니까 가볍게 한잔하고 갈래?"

"좋죠! 술 사주실 거면 따라갈게요!"

안나의 제안에 모니카가 기운차게 대답했다.

"똑똑한 아이구나. 아빠, 아빠는 어쩔래?"

"음, 그래. 딸이 가자고 하는데. 당연히 같이 가야지."

"좋아, 정해졌네! 그럼 가자."

우리는 모험가 길드를 나와서 길거리에 있는 술집으로 갔다.

안에는 직장인들과 모험가들이 북적거렸다.

우리는 저 안쪽에 있는 테이블에 자리를 잡고 술과 음식을 주문했다. 잠시 후 테이블 위에 술과 음식이 잔뜩 차려지고 분위기가 흥겨워졌다.

"모니카. 아빠. 오늘 하루 고생했어."

""자, 건배~.""

우리는 잔을 부딪치고 에일맥주를 쭉 들이켰다. 씁쓸하고 차가운 액체가 목구멍을 통과해 오장육부에 스며들었다.

"그런데 신기하구나. 내가 내 자식과 함께 술을 마시는 날이 오다니……."

감상적으로 중얼거렸다.

이 세계에서는 열여섯 살이 되면 술을 마실 수 있다.

돌이켜보니 그만큼 세월이 흐른 것이다.

"아, 맞다. 모니카. 너는 인나를 '안나 씨'라고 부르던데. 안나

보다 나이가 어린 건가?"

"후후후. 카이젤 씨. 저 몇 살처럼 보여요?"

"열여섯 살?"

"딩동댕! 저는 우리 길드에서는 안나 씨 다음으로 어려요. 그래서 안나 씨가 얼마나 저를 친절하게 대해주시는데요."

모니카는 "그렇죠~?" 하고 안나를 보면서 웃었다.

"응, 맞아. 주로 업무의 뒤치다꺼리를 해주고 있지."

"와, 냉정해!"

모니카는 어휴~ 하고 자기 이마를 탁 쳤다.

"뭐, 일단 길드에서 제일 친한 사람은 모니카이긴 해. 다른 사람들은 나를 곱지 않은 시선으로 보거든."

"그래?"

"응. 난 사상 최연소 길드 마스터잖아. '모난 돌이 정 맞는다'는 말도 있는데, 정말 시기와 질투가 어마어마해."

"너 괜찮아?"

"후후. 걱정해줘서 고마워. 하지만 이미 익숙해졌어."

안나는 쿡쿡 웃었다.

"그보다도 매일매일 들어오는 방대한 의뢰를 처리하고, 성깔 있는 모험가들을 상대하는 것이 훨씬 더 힘들어."

"네, 진짜 살인적인 수준이죠."

모니카가 동정하듯이 중얼거렸다.

"안나 씨가 길드 마스터라서 그나마 길드가 굴러가고 있는 거예요. 이전 마스터였으면 파탄이 났을걸요?"

"격무에 시달리느라 숨 돌릴 시간도 거의 없어……."

"그렇죠. 저와 비슷한 나이인 애들은 전부 다 애인도 사귀면서 즐겁게 지내고 있는데. 아아, 저도 멋진 연애를 해보고 싶어요."

모니카는 턱을 괸 채 한숨을 쉬었다.

"카이젤 씨. 안나 씨는 엄청나게 인기가 많아요."

"어? 정말?!"

"네. 모험가가 안나 씨에게 작업 거는 장면을 자주 봤어요."

"그랬구나……."

"앗! 카이젤 씨. 우울해하는 거예요? 하기야 그 마음은 이해해요. 소중한 자기 딸을 웬 사내놈이 채 가는 거잖아요."

"나, 난, 우울해하는 거 아니라고?! 안나도 그럴 만한 나이가 됐잖아. 애인 한두 명쯤은 있어도 이상하지 않지."

나는 허겁지겁 변명했다.

거짓말이었다. 정말로 애인이 있다면 내 기분은 우울해질 것이다.

"난 그저, 안나가 이상한 남자한테 걸릴까 봐 걱정돼서 그래. 안나를 불행하게 만드는 녀석은 절대로 용서 못 해."

"오오—! 과보호 부모님의 영혼에 불이 붙었네요!"

안나를 울리는 놈은 용서할 수 없다.

우리 딸들은 행복한 가정을 꾸렸으면 좋겠다.

"한창 달아오른 분위기에 찬물 끼얹어서 미안한데, 난 아무하고도 안 사귀어. 모험가들이 종종 나를 유혹하는 것은 사실이지만."

"그래?"

나도 모르게 은근히 안심했다.

"아니, 왜 안 받아줘요? 아깝잖아요! 적어도 한 번쯤은 데이트라도 해본 다음에 결정해도 되잖아요?!"

"어린 시절부터 쭉 아빠의 모습을 보면서 자랐으니까. 그에 비하면 어떤 사람도 다 못 미더워 보이거든."

"안나 씨. 술 취하면 자주 그런 말을 했었죠. 만약에 결혼한다면, 상대는 아빠 같은 남자가 아니면 안 된다고."

"맞아. 우리 아빠만큼 강하고, 아빠만큼 믿음직하고, 아빠만큼 다정한 사람이어야 해."

"그런데 카이젤 씨는 엘자 씨에게 한 번도 진 적이 없잖아요? 그렇게 강한 남자는 왕도에 없어요."

"응. 나도 알아. 아빠 같은 남자가 없다는 건."

안나는 중얼중얼 몇 마디 하더니, 갑자기 내 눈을 응시했다.

"있잖아. 아빠. 난 이대로 아무하고도 결혼 못 하고 청춘을 보낼지도 몰라. 그러니까 책임지고 나와 결혼해줘."

"이봐, 안나. 너 얼굴이 빨개졌는데? 취한 거야?"

"후후. 취했지. 취하지 않으면 이런 말은 안 해."

안나의 눈빛이 흐리멍덩했다.

"메릴은 항상 아빠를 너무너무 좋아한다고 떠들고 다니는데……. 말을 안 할 뿐이지, 나도 그만큼 아빠를 좋아해……."

"안나…….."

안나는 테이블 위에 겹쳐놓은 자기 양팔에다 머리를 올리더니.

"으음…….."

하고 잠이 들었다.

"어머나. 안나 씨, 잠들어버렸네요."

"하는 수 없지. 내가 업어서 집으로 데려갈게."

"저는 안나 씨가 그렇게 남한테 어리광부리는 모습은 처음 봤어요. 직장에서는 언제나 쿨한 이미지거든요."

"그래?"

"안나 씨는 정말로 카이젤 씨를 좋아하나 봐요……. 하긴, 카이젤 씨는 실제로 멋있으니까요!"

모니카가 생글생글 웃으며 이야기했다.

"그럼 이제 계산할까요?"

"……그런 말까지 들었는데, 모니카한테 돈을 나눠 내라고 할 수는 없지."

"와, 신난다! 작전 성공!"

"하하. 이거 한 방 먹었네."

나는 계산을 마치고 안나를 업은 채 밖으로 나왔다.

모니카를 집에 데려다주고 나서 우리 집으로 걸어가기 시작했다.

"……아빠. 좋아해."

내 등에 업힌 안나가 잠꼬대하는 것처럼 조그맣게 중얼거렸다.

그 말을 들은 나는 무심코 쓴웃음을 지었다.

"이거 참. 난감하네."

부모로서는 딸이 제대로 독립하지 못한 것을 걱정해야 할 것이다. 그러나 딸한테서 좋아한다는 말을 들으니 기분이 나쁘진 않았다.

제20화

기사단 사람들이 열심히 단련에 매진하는 연병장.

나는 교관으로서 기사단 사람들에게 검술 지도를 해주고 있었다.

"좋아, 다음은 검 휘두르기 천 번이다. 단, 무턱대고 휘둘러봤자 실력이 좋아지진 않으니까. 상대의 움직임을 머릿속에 그리면서 휘둘러라."

""처, 천 번이나?!""

"나와 엘자는 고향에 있었을 때 날마다 검 휘두르기 1만 번을 했었다. 하지만 자네들이 그걸 하면 오늘 내로 안 끝날 테지?"

""흐어어억.""

나와 엘자의 훈련 기준이 너무 높았는지, 가벼운 훈련 메뉴조차도 잘 소화하지 못하는 사람이 대부분이었다.

"자. 서두르지 않으면 날이 저물 거야."

나는 손뼉을 치며 재촉했다.

기사단 사람들은 앓는 소리를 하면서 검을 휘두르기 시작했다. 딱 봐도 다 죽어가는 것처럼 비실비실한 그들의 모습을 바라보면서 나는 중얼거렸다.

"으음. 우리의 보통이란 것은 남들에게는 보통이 아닌가 보다."

"네. 저도 왕도에 처음 왔을 때는 깜짝 놀랐어요. 엄격하기로 유명한 기사단의 훈련이 너무 심심하게 느껴졌거든요. 그동안 아버님과 함께 해왔던 훈련은, 이 세상의 일반적인 기준으로는 상궤를 벗어난 것이었나 봅니다."

엘자가 그렇게 이야기했다.

"특별히 엄격하게 할 생각은 없었는데⋯⋯."

"네, 저도 그렇게 생각해요."

"더, 더는 못 해⋯⋯!" "나 죽어⋯⋯!"

털썩, 털썩. 바닥에 쓰러지는 기사단 사람들. 가혹한 훈련을 더 이상 견디지 못하고 한 사람, 또 한 사람, 그렇게 속속 힘이 다하여 쓰러져갔다.

그러나.

그중에 한 사람——.

오로지 검만 계속 휘두르는 사람이 있었다.

"에잇! 이얍!"

남자들이 우글거리는 기사단에서 눈에 띄는 조그만 여자아이.

머리카락은 뒤로 모아 하나로 묶었고, 얼굴은 작은 동물처럼 귀여웠다. 꼭 다람쥐 같았다.

이름은 아마——나탈리라고 했던가.

시골 마을 출신인 이 소녀는 유난히 열심히 훈련에 임했다. 그리하여 엘자 말고 다른 사람들은 다 중간에 포기해버렸던 1,000번의 검 휘두르기를 끝까지 성공시켰다.

"오. 저 아이, 제법이구나. 칼놀림에서도 힘이 느껴져."

"네. 나탈리는 기사단 내에서도 유망주입니다. 저에게도 자주 검술을 가르쳐 달라고 부탁하는 편이에요."

엘자는 흐뭇한 표정을 짓고 있었다.

나탈리는 엘자보다 더 어린 열여섯 살이라고 한다. 엘자는 연하의 부하인 나탈리를 예뻐하는 걸지도 모른다.

"좋아. 그럼 이번에는 대련으로 넘어가자. 2인 1조로 조를 짜라. 아, 물론 나와 한 팀이 되어도 좋아."

기사단 사람들은 마치 짠 것처럼 나를 외면했다.

"카이젤 님과의 대련만은 죽어도 피해야 해……!"

"엘자 기사단장님보다 더 강하다는 카이젤 님이잖아. 목검을 들고 하는 모의전이라도, 자칫하면 죽을지도 몰라……!"

"카이젤 씨! 제 상대가 되어주세요!"

나를 무서워하는 사람들이 대다수인 이 상황에서 나탈리만은 달랐다. 그녀는 적극적인 목소리로 나에게 대전을 신청했다.

"그래, 좋아. 잘 부탁한다."

"감사합니다!"

나탈리는 고개를 깊숙이 숙였다. 포니테일 머리카락이 힘차게 흔들렸다. 의욕도 기운도 온몸에서 넘쳐흐르고 있었다. 그 기개가 마음에 들었다.

"야, 저거 뭐야? 나탈리. 죽고 싶은 건가?"

"저건 너무 무모하잖아……!"

기사단 사람들이 걱정스러운 눈빛으로 지켜보는 가운데──.

"카이젤 씨. 각오하세요!"

나탈리는 기세 좋게 목검을 내 쪽으로 찔러 넣었다.

그래. 역시 이 아이는 칼놀림이 훌륭해.

엘자가 장래성이 있다고 말한 것도 이해가 갔다.

그러나——.

아직 나나 엘자를 이기려면 멀었다!

"히야아앗!"

나탈리의 검을 모조리 막아내고 가볍게 반격했다. 몸통을 푹
찔린 나탈리는 지면에 털썩 쓰러졌다.

"끄으윽……. 카이젤 씨. 너무 강해요."

"아냐. 너도 훌륭했어."

"어떻게든 카이젤 씨에게 일격을 성공시키고 싶었어요. 그러려
고 지난 몇 년 동안 열심히 노력했는데……!"

"응? 무슨 소리야?"

나는 나탈리에게 물어봤다.

"난 너랑 만난 지 아직 얼마 되지도 않았잖아……?"

몇 년에 걸친 인연은 없을 것이다.

"엘자 씨한테서 이야기는 들었으니까요. 검술 스승님은 아버님
이고, 자신은 아직 한 번도 그분을 검으로 때리지 못했다는 이야
기요."

"아. 그랬구나. 그럼 넌 자신이 존경하는 엘자가 한 번도 검으
로 때리지 못했던 나를, 직접 검으로 때리고 싶었던 거야?"

나는 납득했다는 듯이 고개를 끄덕였다.

"향상심이 있는 친구군."

"아닙니다! 그게 아니에요!"

"――응?"

"엘자 씨가 한 번도 검으로 때리지 못했던 카이젤 씨를 제가 때리는 데 성공하면, 엘자 씨가 저한테 반하지 않을까 하고 생각했거든요!"

응? 반한다고?

"그리고 혹시나 제가 카이젤 씨를 이긴다면, 당장 그 자리에서 따님을 저에게 주십시오! 하고 부탁하려고 했는데. 아쉬워요."

"아, 아니! 잠깐만!"

나는 나탈리에게 물어봤다.

"어, 뭐야? 네가 엘자를 사모한다는 것은…… 검사로서 그런 것이 아니라, 그…… 연애 감정 같은 거였어?"

"네, 그런데요?"

나탈리는 새삼스럽게 뭔 소리냐는 표정을 지었다.

"저는 엘자 씨와 손을 잡고, 뽀뽀하고, 사이좋게 꽁냥꽁냥도 하고…… 그러다가 나중에는 결혼하고 싶어요!"

갑작스러운 충격 발언.

"자식은 두 명…… 아니, 세 명은 있었으면 좋겠어요! 행복한 가정을 꾸릴 거예요!"

벌써 미래 계획까지 세웠나 보다.

지금 우리가 대련 중이었다면 나는 엄청난 빈틈을 보여줬을 것이다. 어쩌면 한 대 맞았을지도 모른다.

"으, 응. 그렇구나."

나는 애써 동요를 숨기면서 나탈리에게 질문을 했다.

"⋯⋯그런데 엘자의 어디가 그렇게 좋은 거니?"

"전부 다요! 엘자 씨는 강하고, 아름답고, 누구에게나 친절하고⋯⋯ 흠잡을 데가 없잖아요? 여신과도 같은 여성이에요! 제가 동경하는 사람입니다! 그렇기 때문에── 그 고상한 몸과 마음을, 저만의 것으로 만들고 싶어요!"

나탈리는 거친 콧김을 뿜으면서 열변을 토했다.

눈빛이 진짜 진심이었다.

설마──우리 딸을 좋아하는 여자가 있을 줄이야.

"그래서──카이젤 씨를 용서할 수 없어요! 저한테서 엘자 씨를 빼앗아 가려고 하니까!"

나탈리는 날카로운 눈빛으로 나를 쏘아봤다.

⋯⋯뭐, 뭐라고?

제21화

"내가 엘자를 빼앗아 가려고 한다고⋯⋯?"

"네! 카이젤 씨가 왕도로 이사를 오는 바람에, 엘자 씨가 기사단 기숙사에서 나가버렸잖아요!"

나탈리가 불같이 화를 냈다.

"언젠가는 엘자 씨와 친해져서, 한방에서 이불 하나를 같이 덮고 자기도 하고, 목욕탕에서 서로 등을 밀어주기도 하고, 그러려고 했는데⋯⋯!"

그런 야망까지 있었어?!

"그것이 점차 사랑으로 발전해서 이윽고 키스하고, 애인처럼 이것저것 해서, 마침내 엘자 씨의 몸도 마음도 내 것으로 만들 예정이었는데!"

망상이 폭발하고 있었다.

"저, 두 분. 무슨 일 있습니까?"

우리를 보다 못한 엘자가 그렇게 질문을 던졌다.

"네, 네엣?!"

"두 분이서 다투시는 것처럼 보였는데요⋯⋯."

"아, 아뇨. 기분 탓입니다! 기분 탓! 카이젤 씨와 제가 다툴 리 없잖아요?! 네, 그렇죠?"

"으, 응. 그냥 검술에 관해 토론했어."

"그랬군요. 나탈리, 향상심이 있어서 훌륭하다고 생각해요. 아버님에게서 많은 것을 배울 수 있을 겁니다."

"네, 넷!"

엘자는 빙그레 웃더니 뒤로 돌아섰다. 그 뒷모습을 바라보는
나탈리는 넋을 잃고 황홀한 표정을 짓고 있었다.

"아아……. 너무 멋져……! 사랑해요, 엘자 씨……!"

"뭔가, 엘자와 대화할 때와 나와 대화할 때가 전혀 다르구나."

"좋아하는 사람 앞에서는 긴장해서 말이 잘 안 나오거든요……."

우물쭈물하는 나탈리. 그 모습은 사랑에 빠진 소녀 같았다.
풋풋하고 참 귀여웠다.

"뭐, 그래. 누가 누구를 좋아하든 자기 마음이지. 자네가 엘자
의 마음을 얻고자 한다면, 그건 나도 조용히 응원해줄게."

"정말이에요?! 저, 그럼 집 주소 좀 가르쳐주세요! 오늘 밤 엘
자 씨를 덮치러 갈 테니까!"

"아~ 방금 한 말은 취소. 응원은 못 해주겠다."

"왜요?!"

"방금 내가 잘못 들은 게 아니라면, 방금 '덮친다'고 말한 것 같
은데?"

"네, 맞아요. 덮치러 갈 겁니다. 전 말재주가 없어서, 엘자 씨
를 말로 유혹할 자신이 없거든요!"

"그게 왜 '덮친다'는 결론이 되는 거야?"

"제가 엘자 씨를 기분 좋게 만들어서 뿅 가게 해주면, 그분의
놈도 마음도 저의 포로가 될지 모르잖아요?!"

나탈리는 주먹을 힘껏 치켜들면서 상쾌하게 웃었다. 이 아이, 마치 연애 경험이 전혀 없는 남자애 같은 사고방식을 가지고 있구나……!

"부모로서 누가 우리 딸을 덮치는 것을 못 본 척할 수는 없어."

"헉, 진짜요?!"

나탈리는 천만뜻밖이라는 표정을 지었다.

아니, 당연하잖아.

오히려 그 반응이 '헉, 진짜요?!' 하고 놀랄 일이다.

"아니, 잠깐. 원래 사랑에는 장해물이 존재하는 법이죠. 아버지의 반대라는 장해물을 극복하는 사람만이 딸의 애인이 될 자격이 있다, 뭐 그런 거죠?!"

"아니야! 사고방식이 너무 긍정적인 거 아냐?!"

"음, 일단. 카이젤 씨. 나한테 뽀뽀 좀 해줄래요? 뺨 말고 입술에 해주세요!"

"갑자기 무슨 소리야?"

"카이젤 씨는 어린 시절의 엘자 씨와 뽀뽀한 적이 있을 테니까요. 이걸로 전 간접키스를 할 거예요!"

"정말로 간접적인 방법이네……."

"아니면 엘자 씨가 사용하는 비누가 뭔지 가르쳐주실래요? 비섭을 할 때 참고하고 싶습니다."

"비섭?"

"비누 섭취의 준말입니다. 좋아하는 사람이 사용하는 비누를 섭취함으로써, 그 사람과 하나가 되는 듯한 기분을 느끼는 거죠."

"우와……."

나는 기가 막혀서 이마를 짚었다.

이 아이는 생각보다 훨씬 더 위험한 인간일지도 모른다.

그날 밤.

집으로 돌아와 식사를 마친 후.

"아버님, 그럼 저 먼저 목욕하겠습니다."

"그래. 따뜻한 물속에서 느긋하게 쉬다 와."

엘자가 우리 집에 있는 목욕탕에 들어가려고 했는데.

"──음? 뭔가 이상한 기척이……."

나는 창문을 벌컥 열고 바깥을 내다봤다. 그 순간, 암흑 속에 떠올라 있던 그림자가 재빨리 몸을 숨기는 것이 보였다.

──저 포니테일은 설마…… 나탈리?!

설마설마했는데 우리 집까지 쫓아온 건가!

"아버님. 왜 그러세요?"

"아니, 그냥……. 나도 같이 목욕해도 될까?"

"네?!"

나의 갑작스러운 요청에 동요하는 엘자.

"아, 미안. 싫어?"

"아, 아뇨. 오히려 영광이지요. 꼭 같이하고 싶습니다!"

나탈리는 틀림없이 목욕하는 엘자의 모습을 훔쳐보러 올 것이다. 아버지로서, 딸의 나체가 남에게 노출되는 것은 막아야 한다.

나는 허리에 수건을 두르고 욕실로 들어갔다. 엘자도 뒤따라 들어왔다.

"아버님, 등 밀어드릴게요."

"아냐, 신경 쓰지 않아도 돼."

"아닙니다. 제가 하고 싶어서 그런 거예요. 아버님과 함께 목욕하는 것은 오랜만이잖아요. 그러니 제 소원을 들어주실래요?"

"응, 그럼 부탁할게."

나는 그 호의를 받아들여, 등을 밀어 달라고 부탁하기로 했다.

"역시 아버님의 육체는 훌륭하네요. 쓸데없는 군살이 전혀 없어요……. 검사로서 참으로 이상적인 육체입니다."

내 몸을 들여다보면서 엘자는 감탄한 듯한 한숨을 흘렸다. 찰싹 하고 부드러운 것이 내 등에 닿는 감촉이 느껴졌다.

뒤를 돌아봤다. 엘자가 내 등에 자기 뺨을 대고 있었다.

"뭐 해?"

"저, 죄송합니다. 무의식중에……! 아버님의 등이 너무 든든하게 느껴져서……."

"아니, 미안해할 일은 아닌데."

그러는 동안에도 나는 창밖의 기척을 감지하려고 신경을 곤두세우고 있었다. 으음. 이건……. 나탈리가 아주 가까이 다가온 기척이 느껴졌다.

그녀의 손이 창틀을 붙잡는 것이 감지됐다.

"엘자! 위험해!"

나는 재빨리 뒤로 돌아서, 나탈리의 육욕의 시선에 맞서 엘자를 지키려고 했다. 그런데 욕실 바닥이 미끄러워 넘어지고 말았다.

그대로 엘자까지 끌어들이면서 쓰러졌다.

내가 엘자를 깔아뭉개는 듯한 자세였다.

수건이 벗겨지는 바람에 실오라기 하나 걸치지 않은 모습이 드러났다.

"아, 아버님…… 저…… 부끄러워요……."

엘자는 하얀 피부를 발갛게 물들이면서 기어 들어가는 목소리로 중얼거렸다. 양어깨를 끌어안아 자기 가슴을 가리면서.

평소의 늠름한 분위기는 느껴지지 않았다.

"지금이다! 절호의 기회!"

그때 창문이 기세 좋게 벌컥! 열렸다.

위험하다!

"그건 용납 못 해애애애앳!"

나는 황급히 벌떡 일어나, 엘자를 가리기 위해 창문 앞에 섰다.

그 순간 펄럭! 하고 허리에 감았던 수건이 떨어졌다.

엘자의 알몸을 기대하고 욕실 안을 엿보려고 했던 나탈리. 그런 그녀의 눈앞에 나타난 것은, 훤히 드러난 나의 고간이었다.

"끄아아아아아앗?!"

아름다운 엘자의 나체를 기대했던 나탈리의 망막은 '클로즈업된 내 고간'이라는 충격적인 깜짝 선물을 받게 되었다.

"눈이 썩는다! 내 눈이!"

비명이 들렸다. 쿵 하고 쓰러지는 소리가 울려 퍼졌다.

창밖을 살펴봤다.

나탈리는 눈이 뒤집힌 채 거품을 물고 쓰러져 있었다.

"?? 아버님. 무슨 일 있어요? 지금 엄청난 소리가 난 것 같은데요……. 혹시 밖에서 소동이라도 일어났나요?"

"아니. 괜찮아. 엘자, 넌 아무것도 신경 쓸 필요 없어."

제22화

다음 날 아침.

나는 마법 학교에 갔다.

오늘부터 시간 강사로서 근무하기로 했기 때문이다.

메릴을 교실까지 데려다주고 나서 교장실로 향했다.

그곳에서는 마릴린 교장이 기다리고 있었다.

"잘 왔어. 오늘부터 잘 부탁한다."

"네, 저야말로 잘 부탁합니다. 앞으로 신세 지겠습니다."

"흠, 그래, 기대하지. 그대에게는 시간 강사로서 메릴의 반의 부담임을 맡길 거야."

"부담임이요?"

"그래. 이 녀석——담임인 노먼을 보좌해줬으면 좋겠어. 그대가 모르는 것은 전부 다 이놈이 가르쳐줄 거야."

마릴린은 옆에서 대기하고 있는 남자를 소개해줬다.

"흥⋯⋯."

노먼이라고 불린 남자는 모노클을 손가락으로 밀어 올렸다.

나이는 나와 비슷하거나 조금 더 많아 보였다.

키가 크고 마른 체형.

농담이 안 통할 것 같은 엄숙한 얼굴. 지적인 분위기.

온몸에서 흘러넘치는 오만함에 가까운 자신감.

아무리 봐도 엘리트 마법사다운 풍모였다.

"무뚝뚝하고 자존심 강한 사내인데——마법 실력은 좋아. 서로 배울 점도 많을 것이야. 앞으로 사이좋게 지내봐."

우리는 대충 인사하고 교장실을 나왔다.

그러고는 교실로 가는 복도를 따라 걷고 있었는데.

"납득이 안 돼."

노먼이 낮고 딱딱한 목소리로 중얼거렸다.

"우리 학교의 강사는 대대로 전통 있는 마법 학교의 졸업생으로만 구성되어왔다. 그런데 자네는 학교 졸업생이 아니잖아?"

"뭐, 그렇죠. 마법학교 졸업생은 아닙니다."

"한데 이렇게 출신도 불분명한 놈을, 시간 강사라곤 해도 강사로 채용하다니. 아무리 메릴을 학교에 다니게 하기 위해서라지만, 교장 선생님의 생각을 이해할 수가 없군."

노먼은 어이없다는 듯이 한숨을 쉬었다.

"메릴은 누구도 부정할 수 없는 천재다. 마법 학교 역사상 1, 2위를 다툴 정도야. 그러나 그 부모는 아무 상관도 없지. 범속한 마법사가 전통 있는 우리 학교의 강사로 일한다고? 그건 우리 학교의 역사에 먹칠하는 짓이야."

하기야 강사들로서는 별로 달갑지 않을 것이다.

그 정도는 당연히 알고 있었다.

"나는 당신 마음에 들고 싶어서 강사가 되기로 한 것이 아니야. 교장의 부탁을 받아서 그러기로 했을 뿐이지. 우리 딸, 더 나아가이 학교에 도움이 되기를 바라면서. 그러니까 강사진이 어떻게 생각하든 상관없어."

"흥……. 삼류 마법사 주제에 건방진 소리를."

노먼은 불쾌한 것처럼 인상을 찌푸렸다. 노골적인 적의를 드러내고 있었다.

만나자마자 험악한 관계가 되어버렸군.

이윽고 우리는 교실 앞에 도착했다. 노먼을 뒤따라 안으로 들어갔다. 교실 안은 대학 강의실처럼 꾸며져 있었다.

교탁을 중심으로 계단식으로 학생들의 자리가 배치되어 있었다.

"앗! 우리 아빠다! 아빠~ ♪"

뒷자리에 앉아 있던 메릴이 나를 발견하더니 몸을 쑥 내밀고 두 손을 흔들었다.

"저분이 메릴의 아버지야? 훌륭한 마법사겠지?"

"오—. 꽤 멋있는데—."

주변 학생들은 나에 관한 이야기를 많이 들었는지, 호기심 어린 눈빛으로 나를 품평하듯이 쳐다봤다.

나는 씁쓸하게 웃으면서 메릴에게 똑같이 손을 흔들어줬다.

"다들 조용히!"

노먼은 교탁을 치면서 언성을 높였다.

"이 사람은 카이젤——시간 강사로서 우리 반 부담임이 된 사람이다. 이상. 자, 그럼 수업을 시작하자."

노먼은 간결한 소개를 마치고 수업을 시작하려고 했다.

나에게 할애할 시간이 아깝다는 뜻인가 보다.

어지간히 나를 싫어하나 보군.

노먼은 마법 구문 수업을 진행했다.

대부분은 말로 설명하고, 이따금 칠판에다가 글을 쓰는 스타일이었다.

……흠, 그래. 정말로 실력이 있네.

하지만——.

노먼이 너무 우수한 탓에, 그의 설명이 너무 어려워서 학생 대부분이 수업을 따라가지 못하는 듯했다.

이 부분은 좀 더 쉽게 풀어서 설명해줘야 할 텐데.

"이봐, 메릴! 너 이 자식! 내 수업 시간에 졸지 마라!"

"……우웅?"

메릴은 아주 당당하게 꾸벅꾸벅 졸고 있었다. 메릴이 고함을 듣고 고개를 들더니, 크하암 하고 하품을 했다.

"아니, 그게. 노먼 선생님의 수업은 재미가 없는걸——. 아빠가 가르쳐주는 게 훨씬 더 재미있을 텐데——."

"뭐라고——?!"

노먼의 관자놀이에 빠직! 하고 핏대가 드러났다.

"웃기지 마! 내 수업이 이런 일반인보다 못하다고?! 말도 안 돼! 허튼소리 하지 마라!"

어지간히 신경에 거슬렸나 보다.

그는 침방울을 튀기면서 소리를 질렀다.

"왜——? 그게 사실인데——."

메릴은 전혀 미안해하는 기색이 없었다.

실적으로 보자면 메릴이 노먼보다 압도적으로 굉장했다. 그래서 노먼은 반박하고 싶어도 반박할 수 없었다. 게다가 메릴의 그 발언 때문에 주변의 학생들은 노먼보다도 내가 더 지도를 잘하지 않을까? 하고 생각하는 것처럼 보였다.

"……흥. 그래, 좋다. 그렇게까지 말한다면 한번 보자꾸나. 네가 참 좋아하는 아버지의 수업인지 뭔지를!"

노먼은 그렇게 말하더니 나를 쳐다봤다.

"카이젤. 나 대신 수업을 해봐."

"——뭐? 아니, 나는 부담임인데……. 마릴린 교장 선생님도 첫날은 수업 방식을 견학하라고 지시하셨고."

"네가 수업을 한 다음에, 그 수업에 관한 시험을 볼 거다. 그래서 이전 이 반 시험 성적의 평균점보다도 더 좋게 나오면, 네 능력을 인정해주마."

이미 내가 수업을 하는 건 결정 난 모양이었다.

……하긴, 나도 급료를 받는 몸이니까. 노먼의 옆에 우두커니 서서 지켜보기만 하는 것도 좀 그렇다고 생각하던 참이었다.

적어도 받는 급료만큼은 이 학교에 공헌해야겠지.

"좋아. 그러도록 하지."

나는 노먼과 교대해서 교단에 섰다.

"이봐. 강사 경험은 있나?"

"없어. 메릴을 가르쳤을 뿐이지."

"그런가. 큭큭큭. 좋아, 열심히 해봐."

노먼은 히죽 웃었다.

내가 실패하는 장면을 기대하는——그런 표정이었다.

나 참. 이럴 때의 인간관계란 무척 성가시단 말이지.

나는 씁쓸하게 웃고는 학생들과 마주 봤다.

"자, 그럼 마법 구문 수업을 재개한다."

수업을 개시했다.

노먼의 수업과는 달리, 어려운 내용을 좀 더 친근하고 알기 쉽게 바꿔서 설명했다.

그리고 지루하지 않도록 학생에게 적당히 질문을 던지기도 하고, 유머를 섞어서 웃음을 유발하기도 했다.

그러자——.

아까 노먼의 수업을 따라가지 못하던 학생들도 포기하지 않고 진지하게 내 이야기를 경청하기 시작했다.

"아하, 그런 거였구나⋯⋯!"

"무척 이해하기 쉬운데?"

"카이젤 선생님의 수업, 진짜 재미있어!"

학생들의 반응이 눈에 띄게 달라졌다.

모두가 이 수업의 본질을 이해하고 점차 흥미를 품으면서 적극적인 자세로 변한 거다.

"크, 으윽⋯⋯!"

그 광경을 본 노먼은 이를 뿌득뿌득 갈면서 손에 든 펜을 으스러지도록 꽉 쥐었다.

"좋아. 오늘은 여기까지 하자. 나중에 궁금한 것이 있으면 물어보러 와. ——아, 그 전에 시험을 봐야지."

나는 노먼이 준 시험지를 학생들에게 나눠줬다.

"그, 그래. 확실히 수업 분위기는 좋았어. 그건 인정하지. 하지만! 학생들이 수업 내용을 이해했는지 어쨌는지는 별개의 문제다!"

노먼은 내 얼굴에 대고 삿대질하면서 언성을 높였다.

"분위기만 띄울 거라면 차라리 길거리 공연자를 부르는 게 낫지! 문제는 학생의 마법 이해에 도움이 되었느냐, 안 되었느냐야!"

그러나——.

시험 문제를 푸는 학생들의 손은 경쾌했다.

잠시 후 시험지를 회수해 강사 둘이서 분담하여 채점했다.

그 결과를 본 노먼의 안색이 싹 변했다.

"이, 이럴 수가……! 평균이 10점 넘게 오르다니……?! 내 수업보다 네놈의 수업이 더 낫다는 건가……?!"

"그건 어떤지 모르겠지만, 이 반 학생들이 우수하다는 것은 틀림없네."

잘 가르쳐주기만 하면 모두 빠르게 흡수한다. 분명히 나중에는 우수한 마법사가 될 것이다.

"제기랄……! 카이젤, 네놈……! 이대로 끝나지 않을 거다……!"

노먼은 나를 노려보면서 증오의 말을 뱉었다.

……어휴.

난 이대로 끝났으면 좋겠는데.

제23화

다른 날 수업.

나는 노먼을 따라 교실로 왔다.

그러자 학생들이 뛰어와서 일제히 말을 걸었다.

"카이젤 선생님. 어제는 잘 모르는 부분을 가르쳐줘서 고마워! 덕분에 정확히 이해할 수 있었어!"

"선생님이 가르쳐준 불 마법, 아버지한테 보여줬더니 아버지가 깜짝 놀랐어. '가문의 후계자는 너로 할까?'라는 말까지 했어. 그래서 지금까지 잘난 척하던 큰형이 엄청나게 속상해했다니까? 꼴좋더라."

"나도 카이젤 선생님한테서 물 마법의 요령을 배운 다음부터, 워터 스플래시를 안정적으로 사용할 수 있게 되었어!"

첫날 이후로 나는 수업을 직접 맡지는 않았다. 그 대신 쉬는 시간이나 방과 후에 학생들의 질문을 받아줬다.

"이봐! 쉬는 시간은 끝났다! 다들 조용히 해!!"

노먼은 짜증스럽게 교탁을 두드렸다.

그러자 순식간에 교실 전체가 조용해졌다.

노먼은 어험 하고 헛기침하더니 입을 열었다.

"자, 그럼 수업을 시작한다."

"에이. 노먼 선생님 수업이야……?"

"카이젤 선생님의 수업이 더 이해하기 쉽고 재미있는데."

"나중에 또 카이젤 선생님한테 물어보러 가야지."

"이, 이 자식들이……!"

노먼은 학생들의 태도를 보고 부들부들 떨었다. 그러더니 너무 화가 나는지, 손에 쥐고 있던 지시봉을 뚝 부러뜨렸다.

"워, 화내지 마. 다들 악의가 있는 것은 아니니까."

나는 어떻게든 상대를 진정시키려고 했다.

"악의가 없는 게 오히려 문제잖아?!"

노먼은 소리를 지르더니, 적의에 찬 눈빛으로 날카롭게 이쪽을 째려봤다.

"카이젤. 물론 네놈은 다소 남을 가르치는 데 소질이 있을지도 몰라. 하지만 자만하지는 마라. 마법사로서는 내가 훨씬 더 우월하니까. 마법 학교를 졸업한 내가 너 같은 삼류 마법사보다 뒤떨어질 리 없어!!"

……우와.

나한테 엄청난 적의를 품고 있구나.

수업이 끝난 뒤, 학생들이 내 곁으로 달려왔다.

"저기, 카이젤 선생님. 마법 영창 방법에 관해 궁금한 게 있어서……."

"플레임 랜스의 마법 구문 있잖아. 그거 개량할 만한 부분이 있거든. 그래서 선생님 의견을 들어보고 싶은데……."

"그러고 보니 카이젤 선생님은 어디서 마법을 배운 거예요?"

"저기—. 아빠—. 다른 애들만 상대해주지 말고, 좀 더 나랑 놀아줘~. 단둘이 사이좋게 지내야지, 안 그러면 나 죽어~."

"저기, 애들아. 이렇게 한꺼번에 몰려오면 나도 대응을 못 하잖아."

학습 의욕이 넘치는 것은 아주 바람직하다.

하지만 나는 한 명밖에 없으니까, 동시에 여러 명을 상대할 수는 없다.

"하는 수 없지. 내가 대신 들어주마."

노먼이 모노클을 손가락으로 쓱 밀어 올리면서 말했다.

"".........""

학생들은 서로 얼굴을 마주 보더니.

""아뇨. 됐어요……."""

다 같이 짠 것처럼 거절했다.

"뭐?! 대체 왜?!"

"노먼 선생님은 너무 엄격하니까요. 질문을 하러 가면 '나 참, 이런 것도 모르냐?' 하면서 얕잡아 보고."

"항상 태도가 거만하잖아."

"설명도 알아듣기 어렵고."

"그 점에서 카이젤 선생님은 우리를 얕잡아 보지 않고, 알기 쉽게 가르쳐주니까 좋아."

"크윽……!"

노먼은 눈을 부릅뜨고 뿌드득 이를 갈았다.

"어머나. 왠지 북적북적한 분위기네요."

다음 수업을 담당하는 이레네가 교실로 들어와서 말했다. 이레네는 머리를 단정하게 묶고 안경을 쓴, 지적인 쿨한 미녀 교사였다.

"이, 이레네 선생님. 오늘도 정말 아름다우시네요."

노먼은 이레네를 보더니 표정을 고치고 정중하게 인사했다. 그리고 아니꼬울 정도로 아부하는 대사를 덧붙였다.

"혹시 시간 있으십니까? 오늘 밤에 같이 식사라도 하죠. 제가 마법 학교에서 수석이 되었을 때의 이야기를 들려드릴게요."

"죄송하지만 사양하겠습니다."

이레네는 망설임 없이 노먼의 제안을 거절한 뒤——.

"카이젤 선생님. 정말 인기가 많으시네요."

"그런가요?"

"네. 교내에 소문이 났어요. 카이젤 선생님의 교육 방법이 참 좋다고요. 다음에 저도 꼭 선생님의 수업을 견학하고 싶습니다."

"네, 얼마든지요."

"아 참. 카이젤 선생님. 조만간 같이 식사라도 하실래요? 강사들끼리 한 번쯤은 자세히 교육에 관한 이야기를 해보고 싶어요."

"헉……?!"

노먼이 놀란 얼굴로 그런 소리를 냈다.

"이, 이유가 뭡니까?! 이런 시골뜨기 삼류 마법사를 상대해주다니! 이런 남자와 대화해봤자 아무것도 얻지 못할 텐데!"

"그런가요? 노먼 선생님의 자기 자랑을 듣는 것보다는 훨씬 더 유의미한 시간을 보낼 수 있을 거 같은데요."

이레네는 생긋 웃으면서 노먼의 말을 무시하고 나에게 말했다.

"카이젤 선생님. 어떠신가요?"

"우선 우리 딸들의 저녁밥부터 만들어주고요. 그 후에는 얼마든지 좋습니다."

"후후. 기대되네요."

"크윽……!"

노먼은 나와 이레네가 담소하는 모습을 보고 신음했다. 당장이라도 혈관이 터질 것처럼 미친 듯이 분노하고 있었다.

그러다 마침내 더는 못 참게 되었는지.

"카이젤!! 나와 대결하자!"

남의 이목에도 신경 쓰지 않고 소리를 질렀다.

"뭐? 대결?"

"너 이 자식, 교육 방식이 좀 괜찮다는 이유만으로 지나치게 칭찬받고 있잖아?! 흥, 마법사로서 누가 더 잘났는지 가르쳐주마!"

"굳이 그런 짓을 안 해도……. 노먼 선생님이 더 잘났다고 해도 되는데. 나는 순위에는 관심 없으니까."

"안 돼! 넌 관심 없어도, 내가 관심 있어! 주변 사람들에게도 정확히 알려줘야 해!"

노먼은 완전히 흥분해서 이성을 잃은 듯했다.

마법 학교 졸업생도 아닌 촌뜨기 시간 강사인 내가, 학생들과 이레네의 주목을 받는 것이 못 견디게 싫은가 보다.

"저기요. 카이젤 선생님. 그냥 승낙하시면 어떨까요?"

이레네가 말했다.

"한번 실제로 누가 더 우월한지 확실하게 보여주면, 이렇게 무의미한 싸움은 더 일어나지 않을 거예요."

하긴, 그건 그럴지도 모른다.

"있잖아, 나. 아빠의 마법을 오랜만에 보고 싶어—."

메릴이 내 팔을 껴안으면서 졸랐다.

……딸이 그렇게 말하니 내 마음도 약해졌다.

"알았어. 그래서 노먼 선생님의 속이 시원해진다면, 결투 신청을 받아들일게."

"흥. 당연히 그래야지. 카이젤. 잘난 척할 수 있는 것도 지금뿐이야. 압도적인 수준 차이를 보여주마."

제24화

나와 노먼은 학교 앞에 있는 광장으로 갔다.

우리 반 학생들과 이레네가 대결을 구경하려고 모여들었다. 누가 이길지 내기하는 사람도 있었다.

"자, 그럼. 어떤 방법으로 대결할 거지?"

"결투다."

노먼은 착용하고 있던 장갑을 나에게 던졌다.

"서로 등을 맞대고 서서 세 걸음 걸어간다. 거기서 뒤로 돌아 마법을 발사한다. 상대에게 마법을 명중시킨 사람이 이긴다. 이런 규칙으로 하면 어때?"

"흠. 그러면 마법 영창 속도가 빠르고, 위력이 강한 사람이 이기겠네. 단순명료하군."

"그렇다. 서로 실력이 명확하게 밝혀지는 거야. 운이 좋아서 이긴다는 것은 불가능하다."

"좋아. 그럼 그 방법으로 하자."

결투 방법이 정해졌다.

학생들이 속닥속닥 자기들끼리 이야기를 했다.

"야, 누가 이길 것 같아?"

"글쎄……. 카이젤 선생님이 수업은 진짜 잘하시는데, 마법 실력은 노먼 선생님이 더 뛰어나지 않을까?"

"하지만 메릴의 아버지잖아?"

"아— 저기—. 나도 내기에 껴줘—. 응? 누구한테 걸 거냐고? 그야 당연히 우리 아빠한테 전 재산을 걸어야지— ♪"

메릴이 어느새 나의 승리에 전 재산을 걸고 있었다.

"아빠—. 파이팅—! 아빠가 지면 난 빈털터리가 되는 거야."

질 수 없게 되었다.

아니, 처음부터 질 생각은 없었지만.

"크큭. 카이젤. 네놈이 잘난 척하는 것도 이제 끝이다. 이 구경꾼들 앞에서 압도적인 실력 차이를 보여주마."

노먼은 호전적인 미소를 지었다.

"나는 이 마법 학교를 12년 전에 수석으로 졸업한 남자야. 오대 마법 중에서 세 가지 속성의 마법을 습득했지. 이것은 일류 마법사라는 증거다. 그 마법을 구사해서, 학교 졸업 이후에는 궁정 마술사로서 화려한 활약을 남겼지. 너 같은 삼류 마법사와는 경력이 달라. 당연히 지금까지 경험해온 수라장의 숫자도 비교가 안 될 정도이고."

자신이 얼마나 위대한 인간인지를 줄줄 늘어놓고 있었다.

나는 무심코 쓴웃음을 지었다.

"이봐, 여기는 면접장이 아니야. 그렇게 자기소개를 늘어놓아 봐야 의미 없다고. 입을 놀릴 여유가 있으면 대결에 집중하는 게 좋지 않겠어?"

"윽……! 정말 한없이 건방진 놈이구나……! 흥, 좋아. 나의 마법 실력을 온몸으로 느끼게 해주마!"

나와 노면은 서로 가까이 다가가서 등을 맞대고 섰다.

그러고는 둘 다 한 발 앞으로 내디뎠다.

자박…… 하고 구두창이 지면을 문지르는 소리가 났다.

두 걸음. 긴장감이 강해졌다.

그리고 세 걸음──구두창이 바닥에 닿은 순간, 두 사람이 동시에 뒤로 돌았다.

먼저 움직인 것은 노면이었다. 그는 나를 향해 오른손을 들더니, 마법을 발동시킬 때의 주문 영창을 파기하고 마법을 발동시키려 했다.

"하하하! 카이젤! 놀랐냐?! 이게 바로 마법의 영창 파기! 일류 마법사만 구사할 수 있는 고급 기술이다! 네놈이 마법 영창을 하는 사이에, 나의 선더 애로가 네놈의 몸을 꿰뚫을 것이다! 자, 받아라!"

노면의 옆에 마법진이 나타나더니, 거기서 번갯불을 두른 화살이 발사──되기 전에, 그보다 더 빨리 마법진은 화염의 소용돌이에 휩싸였다.

"아니……?!"

노면의 옆에 출현했던 마법진은 흔적도 없이 사라져버렸다.

내가 발사한 불 마법──플레임에 의해.

"이, 이럴 수가……! 방금 그건…… 영창 파기인가?! 카이젤, 네놈이 어떻게 그런 고급 기술을 쓸 수 있는 거지?!"

"아니, 영창 파기는 고급 기술이라고 할 정도는 아니지. 나는 마법을 배우기 시작한 지 한 달도 안 돼서 익혔다고?"

"하, 한 달?!"

"그래, 한 달. 내가 뭐 이상한 말이라도 했나?"

"나는 영창 파기를 익히기 위해 3년 동안 피나는 노력을 했는데……! 허풍 떨지 마라! 그래, 당연히 허풍일 테지!"

노먼은 낭패한 것처럼 소리를 지르더니──.

"그, 그럼! 물 마법을 써주마! 불 마법에 강한 워터 샷을 사용하면, 저놈의 불 마법을 무력화할 수 있을 거야!"

또다시 영창 파기로 물 마법을 발동시켰다.

노먼의 어깻죽지 위에 파란색 마법진이 떠올랐다.

거기서 총알 같은 물 탄환이 튀어나왔다.

그러나──.

내가 발사한 플레임이 그 물 탄환을 격추했다.

"억?!"

"세상에, 물 마법을 상대로 상성이 안 좋은 불 마법을 써서 격추하다니……?!"

이레네가 안경 안쪽에 있는 눈을 크게 떴다.

"노먼, 이걸로 끝인가?"

나는 노먼에게 질문을 던졌다.

"모처럼 시작한 대결이잖아. 당신이 자랑하던 마법인지 뭔지를 보여줘. ──물론 영창 속도와 마력, 둘 다 내가 더 우월하니까 당신이 이길 가능성은 없겠지만."

"크윽……."

노먼도 그 사실을 깨달았는지 그 자리에서 무릎을 꿇었다. 그리고 전의를 상실한 것처럼 고개를 푹 숙였다.

"대체 왜……?! 네놈은 삼류 마법사일 텐데……! 그런데 어떻게 이런 마법을 쓸 수 있는 거지……?!"

"일단 옛날에 스승님한테서 이것저것 많이 배웠으니까."

"……스승님?"

"응. 에트라라는 마법사다."

"에트라?! 에트라라고?!"

"오, 알아?"

"알다마다. 그 여자는 왕도의 역사에 남을 정도로 위대한 마법사……. 메릴과 마찬가지로 현자란 칭호를 받은 사람이잖아?!"

"아, 역시 유명하구나."

"에트라는 '재능 없는 인간에게 시간을 들이는 게 아깝다'면서 제자를 기르지 않았어. 그런데 그 사람이 네놈을 가르쳤단 말인가……."

"결판이 난 것 같네요."

이레네가 안경테를 밀어 올리면서 말했다.

"카이젤 씨의 승리입니다."

"아빠, 멋있었어~♪"

메릴은 내 곁으로 달려오더니 내 팔을 꽉 끌어안았다.

"그런데 왜 적당히 봐준 거야?"

"봐, 봐줬다고?!"

노먼이 거친 목소리로 말했다.

"아, 그건 진심으로 공격했다간 죽을 수도 있으니까. 약 3분의 1 정도로 위력을 줄였어."

"크윽⋯⋯."

노먼은 제자리에 털썩 주저앉더니 힘없이 중얼거렸다.

"⋯⋯내가 완패했다. 교육 방식도, 마법사로서의 역량도 너무나 달라. 너는 진짜 마법사야."

그 후──.

노먼은, 내가 출근할 때만큼은 수업 강사 자리를 양보하게 되었다.

그리고 그와 이레네는 학생들과 함께 내 수업을 듣기 시작했다. 내 수업의 평판을 들은 다른 반 학생들도 찾아왔다.

그게 어찌나 성황을 이루었는지, 서서 구경하는 사람도 있을 정도였다.

이렇게 모든 일이 원만하게 해결된 것처럼 보였는데⋯⋯.

"아빠의 위대함을 다른 사람들이 알아준 것은 기쁜데. 그 바람에 내가 아빠와 사이좋게 지낼 시간이 줄어들었잖아?"

메릴 혼자만 불만스러운 표정을 지으면서 아쉬워했다.

제25화

그 날 세 자매는 매우 기분이 좋았다.

그 이유는 우연히 모두의 쉬는 날이 겹쳤기 때문이다.

엘자는 기사단 업무가 비번이었고, 안나도 오랜만에 휴일이 생겼고, 메릴은 자체 휴강을 하기로 했다.

그리고 나도 일을 쉬기로 했다.

바쁜 나날이었으니까. 가끔은 휴식도 필요하다.

가족 모두가 쉬는 날이기도 해서, 오늘은 가족 넷이 외출하여 일 따윈 잊어버리고 단란하게 지내기로 했다.

"와—! 아빠랑 데이트한다!"

잠옷을 입은 메릴이 나에게 달라붙었다.

"뭐야. 오늘은 놀랄 만큼 일찍 일어났네?"

"응, 그야 오늘은 아빠랑 같이 외출하는 날이니까. 잠만 자면 아깝잖아? 1분 1초라도 더 오래 같이 있고 싶어—."

"정말 편하게 사는 녀석이네. 평소에도 이렇게 일찍 일어나면 얼마나 좋아. 그러면 지각도 안 할 거 아냐?"

안나가 어처구니없다는 듯이 말했다.

"난 기분파인걸. 흥이 나지 않으면 움직일 수가 없어. 아빠가 없으면, 아무것도 할 의욕이 안 나—."

"메릴도 참, 그러고도 용케 살아있네. 아빠가 왕도로 오기 전에는 어쩐 건지."

"그래서 일주일에 한 번은 아빠 성분을 보급하려고 고향에 돌아갔었지ー. 일주일 치 아빠 성분을 거기서 흡수해서 돌아오고ー."

"아빠 성분을 보급……한다는 게 뭐죠?"

엘자가 의아하다는 듯이 질문했다.

"음ー. 그러니까 아빠한테 실컷 어리광을 부리고, 조르기도 하고ー. 아무튼 아빠랑 꽁냥꽁냥 잘 지내면 보급되는 거야♪ 그렇지? 아빠."

"……그래, 힘들었지."

나는 과거를 회상하면서 아련하게 먼 곳을 바라봤다.

그 시절, 일주일에 한 번꼴로 집에 돌아온 메릴은 나한테 별별 부탁을 다 들어 달라고 졸랐었다.

머리를 쓰다듬어 달라, 안아 달라, 뺨에 키스해 달라, 같이 목욕해 달라, 자기가 잠들 때까지 쭉 손을 잡고 있어 달라, 일어나면 옷을 전부 갈아입혀 달라……. 기타 등등.

어라? 지금이랑 달라진 게 없는 거 같은데?

"메릴. 그러다가 평생 아빠한테서 못 떨어진다? 제대로 자립도 못 하는 한심한 아이가 되어도 괜찮아?"

"괜찮아ー."

메릴은 전혀 주눅 들지 않고 대답했다.

"사람 인(人)이라는 한자는, 나와 아빠가 서로 지탱해주는 형태로 되어 있거든? 나와 아빠는 평생 둘이서 행복하게 살 거야♪"

"이예 기리낌이 없구나……."

안나는 어휴 하고 이마를 짚었다.

"메릴, 네가 그렇게 말해주니 기쁘지만……. 우리가 부모 자식인 이상, 십중팔구 내가 먼저 죽을 거야. 그러니까 메릴도 자립은 할 수 있어야 해."

"걱정하지 마! 아빠가 먼저 죽어도 내가 되살려낼 거니까!"

"되, 되살려낸다고?"

"응! 아빠가 죽어도 그 영혼을 다시 소환해서, 복원한 육체에 집어넣으면 원래대로 되돌아올 거야. 그러면 수명도 없이 영원히 살 수 있거든? 후후. 나랑 아빠는 수백 년 후에도 계속 함께 있을 거야!"

"우와……."

메릴은 가벼운 태도로 터무니없는 소리를 하고 있었다.

그건 결국, 불로불사를 실현하겠다는 뜻이잖아.

유사 이래 당대의 권력자들은 하나같이 불로불사를 꿈꾸면서 동분서주했는데, 아직 그 꿈을 실현한 사람은 한 명도 없었다.

"쟤는 또 쓸데없이 천재니까……. 불가능한 일은 아닐지도 몰라. 쟤는 아빠랑 관련된 일에서는 어마어마한 재능을 발휘하잖아? 마도기를 발명한 것도, 남들에게 도움이 되어서 아빠한테 칭찬받고 싶다는 것이 동기였고."

"그렇다면……."

"아빠. 안타깝게 되었어. 아빠가 영원히 메릴을 돌봐줘야 할지도 몰라."

"그럼 쉴 틈도 없겠네……."

"메릴. 저는 당신의 연구를 응원합니다. 아빠…… 아버님이 오래오래 사시기를 바라는 마음은 당신과 같으니까요."

"뭐?"

"앗. 아버님과 떨어지기 싫어서——가 아니에요?! 그런 나약한 생각은 기사단장에게는 불필요해요. 다만…… 저, 그게…… 나이가 들어서 실력을 낼 수 없는 아버님과 칼싸움을 해서 이기더라도, 의미가 없으니까요."

"하하. 그럼 내가 늙기 전에 네가 얼른 성장해서 이겨줘."

엘자는 지금도 하루하루 착실하게 강해지고 있었다. 틀림없이 머잖아 나보다 훨씬 더 강한 검사가 될 것이다.

물론…….

아버지로서의 위엄을 유지하기 위해서라도, 나도 이대로 좀 더 버티고 싶지만.

"문득 궁금해졌는데. 메릴이 불로불사 연구를 완성하면 우리에게도 적용해줄 거야?"

"응, 좋아~! 우리는 가족이잖아? 나랑 아빠랑 엘자랑 안나, 이렇게 넷이서 영원히 사이좋게 살자, 응?"

"그것 참 멋진 일이네요. 젊은 육체를 유지하면서 유구한 세월을 보낼 수 있다면, 검사로서 최고의 경지에도 도전해볼 수 있을 것 같아요."

"이 니라의 권력을 모조리 장악하는 것도 가능하겠는데? 지금

상층부에서 떵떵거리고 있는 고루한 늙은이들을 일소한다면 이 나라도 좋은 나라가 될 거야."

딸들은 제각각 불로불사가 된 다음의 삶을 상상하고 있었다.

"흠. 물론 미래를 생각하는 것도 좋지만. 모처럼 쉬는 날이잖아? 지금은 바로 눈앞에 있는 휴일을 즐겨보자."

내가 그렇게 말하자, 딸들은 기쁘게 고개를 끄덕였다.

제26화

우리는 집을 떠나 왕도의 시장으로 갔다.

주택가에서 큰길로 나왔다.

왕도의 큰길에는 다양한 가게들이 즐비하게 들어서 있었다. 남녀노소가 모여 있고, 행상인들의 마차가 이리저리 오갔다.

"여전히 사람이 참 많네. 현기증이 날 것 같아."

안나가 통행인의 물결을 보면서 중얼거렸다.

"이 왕도는 주변 도시들과 마을들의 중심부에 있으니까. 다양한 사람들이 찾아오는 거지. 1년 내내 밤낮을 가리지 않고 끊임없이 사람들이 모여드는 모양이야."

"불빛을 보고 모여드는 벌레 같아—."

"물론 그런 상황에서는 위험한 인물이 숨어들어 올 수도 있죠. 그래서 우리 기사단이 항상 경비를 서는 거고요."

"엘자. 그래서 당신은 아까부터 주위를 경계하고 있었던 거야?"

"네. 수상한 인물이 있나 없나 살펴보고 있습니다."

"뭐야, 이 소중한 휴일에. 그런 일은 다른 기사들에게 맡기면 되잖아. 아니, 애초에 옷차림이 그게 뭐야?"

"어, 네? 제 옷차림이 이상한가요?"

"응, 이상해. 우리는 사복인데 혼자만 갑옷이잖아. 이상하다고 생각을 안 하는 게 이상해."

안나가 어이없다는 듯이 엘자를 바라봤다.

나와 안나와 메릴은 각자 사복 차림이었는데, 엘자만 홀로 갑옷을 입고 있었다. 그리고 허리에는 애용하는 검을 차고 있었다.

"하지만……. 일단 이것도 경장비인데요? 평소에는 좀 더 본격적인 장비를 갖추고 있습니다."

"그게 문제가 아니라. 매력이 하나도 없다는 거야. 게다가 엘자는 원래 변변한 사복도 없지 않아?"

"아, 네. 한두 벌 정도밖에 없어요."

"이렇게 예쁘게 생겼는데. 진짜 아까운 짓을 하네."

"예, 예뻐요……?"

엘자는 한순간 기쁜 표정을 지었지만, 금방 헉 하고 정신을 차렸다. 그러고는 어험 하고 헛기침을 하더니 엄숙한 어조로 말했다.

"저는 기사입니다. 예쁜 외모 따위는 필요 없어요."

"아~ 그래? 말은 그렇게 해도, 아빠가 왕도에 온다는 사실을 알았을 때는 유난히 옷차림에 신경 쓰지 않았어?"

"그그그, 그걸 어떻게 알았어요?!"

"나탈리가 말해줬어. 그 애는 자주 길드에 출입하거든. 마치 데이트를 앞둔 사람 같은 표정을 지었다고 하던데?"

"으, 으윽……!"

"와―. 엘자, 얼굴이 새빨개졌어―♪ 귀여워―."

메릴은 엘자의 빨개진 얼굴을 지적하더니, 사랑스럽다는 듯이 엘자에게 뺨을 비비기 시작했다. 엘자는 빨갛게 익어서 쉬익! 하고 증기를 뿜어내고 있었다.

"좋아, 그럼 지금부터 엘자의 옷을 사러 갈까?"

"제 옷을…… 산다고요?"

"응. 이대로 놔두면 휴일인데도 내내 갑옷 입고 돌아다닐 것 같으니까. 아빠, 아빠도 엘자가 예쁜 옷을 입는 게 더 좋다고 생각하지?"

"음, 그래. 언제나 기사단으로서의 긍지를 잊지 않는 것은 훌륭하지만, 그래도 휴일에는 멋을 부려도 되지 않을까?"

"머, 멋을 부려요……?"

엘자는 그렇게 중얼거리더니 불안한 것처럼 질문했다.

"……제가 그런 것을 할 수 있을까요?"

"물론이지."

"좋아, 결정됐네. 그럼 당장 가자."

☆

그리하여 우리는 옷가게에 왔다.

"엘자. 나한테 맡겨. 당신에게 잘 어울리는 옷을 코디해줄 테니까. 기사단의 아이돌로 만들어줄게."

"아, 네……."

"나도 옷 구경해야지—♪"

딸들은 가게 안으로 뿔뿔이 흩어졌다.

안나가 옷을 몇 번 적당히 골라서 엘자에게 보여주고 있었다.

엘자는 예쁜 옷 앞에서 난처한 표정을 짓고 있었다.

참고로──.

내 옷을 골라주는 사람도 안나였다. 고향에 있을 때부터 쭉 그랬다. 그래서 나 자신은 패션에 관해 아는 것이 하나도 없었다.

아내가 골라주는 옷만 입는 남편 같은 상태였다.

"아빠──. 나 좀 봐──."

피팅룸 커튼 틈새로 메릴이 나를 불렀다.

내가 그쪽으로 다가가자 커튼이 열리더니, 옷을 갈아입은 메릴의 모습이 나타났다. 천의 면적이 너무나 부족한 수영복을 입고 있었다.

"아, 아니, 왜 그러고 있어?!"

거의 벌거벗은 거나 마찬가지잖아!

"어때? 잘 어울리지♪"

메릴은 그렇게 말하더니 "아빠의 심장을 쏘아버릴 거야──! 빵야──!" 하고 가슴 앞으로 손을 모아 총 쏘는 시늉을 했다.

메릴은 예전부터 노출이 심한 옷을 선호하는 경향이 있었다. 노출이 심하면 심할수록 더 예쁘다고 생각하는 것 같았다.

"이 수영복, 예쁘지──. 아빠도 맘에 들어?"

"아니, 내가 보기에는 좀 그렇다."

"왜?"

"아무리 그래도 그건 너무 노출이 심하잖아. 그걸 입고 바다에 가면, 다른 남자들은 눈 둘 곳을 몰라 난처해질 거야."

"아, 알았다. 아빠. 다른 남자가 나를 보는 게 싫은 거구나?"

메릴은 히죽히죽 기쁘게 웃더니 "질투하는 거구나~. 귀여워~♪"하고 내 뺨을 콕콕 찌르기 시작했다.

아니, 질투는 아니지만……

우리 딸이 남한테 그런 식으로 보인다는 것에 대해서는, 저항감을 느꼈다.

"에헤헤~. 아빠가 그렇게까지 말한다면 이 수영복은 안 살게. 내가 내 몸을 전부 보여주는 사람은 우리 아빠밖에 없으니까."

"오해할 만한 소리는 하면 안 돼!"

"왜?"

"우리를 보는 저 직원의 따가운 시선이 느껴지지 않니?"

여직원이 수상하다는 듯이 이쪽을 쳐다보고 있었다.

"나랑 아빠는 서로 사랑하는 사이입니다—♪"

"야, 야!"

불에 기름을 끼얹으면 어떡해?!

"에헷♪"

메릴은 혀를 쏙 내밀었다.

나는 쓴웃음을 지은 뒤.

"안나. 어때? 그쪽은."

옆에 있는 피팅룸을 향해 말을 걸었다.

"응. 완벽해."

"자, 잠깐만요……!"

엘자가 제지했지만, 안나는 아랑곳하지 않고 피팅룸 커튼을 젖혔다.

""오······!""

나와 메릴은 탄성을 발했다.

눈앞에 나타난 것은──멋진 옷을 입은 엘자의 모습이었다. 하얀색 블라우스와 꽃무늬 롱스커트라는 예쁜 차림새였다.

늘씬한 엘자의 모델 체형이 우아하게 잘 드러나는 패션이었다.

엘자는 스커트 끝자락을 손으로 누르면서 안절부절못하고 있었다. 이쪽을 귀엽게 쳐다보면서 조심스럽게 질문했다.

"이, 이상하지 않아요······?"

"전혀 안 이상해. 잘 어울려."

나는 엘자를 보면서 미소 지었다.

"정말로 예뻐."

"이렇게 연약한 모습은, 사실 기사라면 멀리해야 할 텐데······. 그런데도 아버님께 칭찬을 받으니, 무척 기쁘네요······."

엘자의 얼굴은 새빨갛게 물들어 있었다.

평소에 늠름한 표정의 엘자밖에 못 봤던 기사단 사람들이 이 모습을 본다면 틀림없이 놀라겠지. 그런 생각이 들었다.

제27화

엘자는 좀 전에 시험 삼아 입어봤던 옷을 구입하기로 했다.

지금은 갑옷 차림이 아니라, 흰 블라우스와 꽃무늬 롱스커트 차림이었다. 단, 허리에는 변함없이 검을 차고 있었다.

"유사시에는 이게 필요해질 겁니다."

그렇다고 한다.

전체적으로 예쁜 복장인데 허리의 검이 이채를 띠었다. 하지만 이건 또 이것대로 멋있어 보이기도 했다.

"그나저나 정가의 절반밖에 안 되는 가격으로 살 줄은 몰랐어."

"후후. 가격을 깎는 내 능력, 굉장했지?"

"응. 마치 마법을 보는 것 같았어."

안나는 좀 전에 그 옷가게에서 가격 흥정을 했었다.

맨 처음에 직원은 "안 됩니다"라는 말만 되풀이했는데, 안나가 온갖 수단을 다 써서 순식간에 가격을 낮춰버렸다.

직원이 납득하는 형태로 이쪽의 요구를 받아들이게 한다.

안나의 협상 기술은 고향에 있던 시절보다도 훨씬 더 능란해졌다. 과연 최연소 길드 마스터가 된 인재다웠다.

"뭐야~. 아빠. 안나만 칭찬하고! 나도 마법으로 그 직원을 세뇌하면, 얼마든지 가격을 깎을 수 있는데—."

메릴이 태연하게 무서운 소리를 했다. 세뇌라니.

"그건 억지로 하는 거잖아? 어디까지나 상대가 납득하면서, 가격을 낮추는 것이 중요한 거야."

안나가 쯧쯧~ 하고 손가락을 까딱거렸다.

"실은 마음만 먹으면 공짜로 할 수도 있었거든? 하지만 그건 비즈니스니까. 양쪽 모두 win-win이어야 하는 거야. 알겠어?"

안나의 이야기를 듣고 나는 생각했다.

안나가 마음만 먹으면 사기꾼이나 교주가 될 수도 있지 않을까? 물론 안나는 근본적으로 성실한 아이니까 그런 마음을 먹지 않을 테지만.

……신이 올바른 인간에게 재능을 주셔서 다행이다.

"아빠~. 나 계속 걸어서 피곤해~."

우리가 시장에서 걷고 있을 때였다.

메릴이 털썩 하고 바닥에 주저앉더니, 나를 향해 양팔을 벌렸다. 완벽한 어리광쟁이 모드였다.

"제발. 나 좀 업어줘~. 업어줘~."

"아니, 메릴. 이런 데 주저앉아 있으면 다른 사람들의 통행에 방해되잖니."

"응. 알아~."

그렇군.

여기서 내가 업어주지 않으면 다른 사람들에게 폐를 끼치게 된다는 것을 알고, 일부러 이런 부탁을 하는 건가……. 메릴, 이 녀석. 머리 좀 썼네.

"나 참. 하는 수 없지……."

"와아♪"

나는 어쩔 수 없이 메릴을 업어주기로 했다.

메릴이 내 등에 업혔다. 가벼웠다.

"아빠의 등, 따뜻해—."

"아빠는 메릴한테 너무 무르다니까."

안나는 기막혀하는 것처럼 한숨을 쉬더니 양어깨를 으쓱했다.

네, 그 말씀이 맞습니다. 나는 쓴웃음을 지었는데—.

안나가 내 오른팔을 자신의 양팔로 감쌌다.

"어?"

"오늘은 특별한 휴일이잖아. 나도 아빠한테 어리광부릴래. 실 컷 내 마음대로 행동할 거니까 다 받아줘, 알았지?"

"엘자, 너도 아빠랑 팔짱 끼지 그래—?"

"아, 아뇨, 저는……. 아버님과 팔짱을 끼면, 양손을 쓸 수 없 게 되니까요. 기사로서 연약한 행동을 할 수는 없습니다."

"어휴, 또, 또—. 허세를 부리네—."

"메릴 말이 맞아. 오늘 하루 정도는 괜찮지 않아? 나도 그렇지 만, 윗사람이 되면 남에게 어리광을 부리지 못하게 되잖아? 날마 다 잔뜩 긴장한 채 정신력을 소모하기만 하지. 이런 상황에서 어 리광을 받아주는 사람은 아빠밖에 없잖아?"

"하, 하긴, 그건 그래요……."

안나의 말이 엘자의 공감을 불러일으켰을지도 모른다.

엘자는 입가에 손을 대고 머뭇머뭇하더니—.

"아버님. 저…… 저, 팔짱을 껴도 될까요?"

"당연하지."

"감사합니다. 그럼 실례하겠습니다……!"

엘자는 조심스럽게 내 왼팔을 자신의 양팔로 감쌌다. 그리고 살며시…… 어리광 부리듯이, 내 팔에 몸을 기대었다.

"이렇게 아버님께 몸을 맡기고 있으면 무척 안심돼요……."

"그래? 다행이구나."

우리는 가족들끼리 다 함께 딱 붙어서 걸어갔다.

주위의 통행인들은 그 광경을 보더니.

"저거 봐. 저 남자. 미녀를 세 명이나 데리고 다니네?"

"하렘이네. 하렘이야."

"와, 미남 미녀라서 부럽다. 나도 하렘의 일원이 되고 싶어."

다들 우리를 부모 자식이라고 생각하지 않는 것 같았다.

그리고 맨 마지막 사람은 왠지 위험한 느낌이 드는데…….

"우리는 부녀가 아니라 애인처럼 보이나 보다."

"애, 애인이라고요……?!"

"후후. 아빠가 젊어 보여서 그래. 남들이 그렇게 생각하는 것도 이해가 가. 나로선 기쁜 일이지만."

"나랑 아빠가 애인 같대―. 에헤헷."

딸들은 불쾌해하지 않는 것 같았다.

당연히 싫어할 줄 알았는데.

"앗, 길거리 음식이다. 아빠, 나 크레이프 먹고 싶어! 샌크림이

랑 딸기가 듬뿍 들어간 거!"

메릴이 크레이프 가게를 가리키면서 말했다.

"후후. 좋은데? 나도 먹을까."

"그래. 엘자, 넌 어쩔 거니?"

"저, 저는 사양할게요. 단것을 먹으면 살찌잖아요."

엘자는 그렇게 말하더니.

"아, 그런데 안나와 메릴은 집에서도 자주 단것을 먹던데……
왜 살이 안 찌는 거죠?"

"음, 글쎄. 난 일하느라 날마다 머리를 많이 써서 그런가?"

"나는 아무리 먹어도 살 안 찌는 체질이야—."

"안나는 그렇다 쳐도, 메릴은 정말 부럽네요……! 저는 음식을
먹으면 먹는 대로 몸에 살이 붙는 체질이에요."

"뭐, 엘자는 원래 몸이 탄탄한 타입이니까."

그러면서 나는 말을 이었다.

"하지만 오늘 하루 정도는 괜찮잖아?"

그리고 방금 산 크레이프를 내밀었다.

엘자도 실은 먹고 싶었을 것이다. 그런 상황에서 내가 권하니
까, 마음이 흔들리는 것도 당연하다면 당연했다.

"아버님이 그렇게 말씀하신다면……. 오늘 하루만, 잘 먹겠습
니다……!"

엘자는 머뭇머뭇 크레이프를 받아서 덥석 한 입 먹었다.

"……으읏?!"

그 순간, 깜짝 놀란 것처럼 눈을 크게 떴다.

"이건 연약하군요! 굉장히 연약한 맛이 납니다!"

"무슨 뜻이야?"

"아마 맛있다는 뜻일걸?"

"저기—. 우리 다 함께 한 입씩 교환해서 먹자—♪"

우리는 서로의 크레이프를 한 입씩 나눠 먹었다.

입에 크림을 묻히고 즐거워하는 딸들의 표정. 그걸 본 나는 무의식중에 미소를 지었다.

……역시 왕도에서 같이 살기 시작한 것은 좋은 선택이었다. 딸들과 함께 보내는 시간은 나에게는 둘도 없이 소중한 것이었다.

제28화

우리는 화기애애하게 시장을 돌아다니고 있었다.

주위에는 인파가 넘치고 있었다. 자칫하면 뿔뿔이 흩어질지도 몰랐다. 그래서 딸들에게서 눈을 떼지 않으려고 노력했다.

──그런데 그때.

시야 가장자리에 살짝 걸린 인물이 내 시선을 사로잡았다.

남자 세 명이었다.

그들은 아무런 특징도 없는 삼베옷을 입고 있었다.

그러나…….

나는 무심코 멈춰 서서 그들을 계속 관찰했다.

"아빠. 왜 그래?"

안나가 의아하다는 듯이 질문했다.

"아버님. 방금 지나쳐 간 사람들은…….'"

"엘자, 너도 눈치챘니?"

"네. 뭔가 위험한 분위기가 느껴졌어요."

"맞아. 그들은 기척과 발소리를 내지 않았어. 자신의 존재를 이 인파 속에 최대한 녹아들게 하려고 했어. 평범한 사람이라면 그럴 필요가 없지."

"둘 다 용케 그걸 눈치챘네. 나는 전혀 몰랐는데."

안나는 감탄한 것처럼 말하더니.

"메릴. 당신은 눈치챘어?"

"우웅? 어, 뭐?"

"얘는 또 배부르니까 졸고 있네……."

안나는 어처구니없다는 듯이 쓴웃음을 지었다.

"제 경험에 의하면, 불길한 예감이 듭니다."

"응. 그러게."

나와 엘자는 거의 확신에 가까운 예감을 느끼고 있었다.

방금 스쳐 지나간 남자들은 뭔가 좋지 않은 목적을 가지고 있다. 떳떳하지 못한 감정이 은근슬쩍 흘러나온 듯한 느낌이 들었다.

바로 그때.

우리의 걱정을 현실로 증명해주는 것처럼 비명 소리가 울려 퍼졌다.

"으아악! 도둑이야앗!"

""——!""

그 소리에 반응해서 홱 돌아봤다.

거리에 있는 보석 가게에서 아까 그 남자들이 뛰쳐나오는 것이 보였다. 필사적인 표정이었다. 어깨에는 커다란 자루를 짊어지고 있었다.

그들은 당장 줄행랑을 치려고 했다.

"역시 저놈들은 못된 짓을 꾸미고 있었구나."

"아버님! 저들은 최근에 왕도에서 보석 가게를 덮치고 있는 절도단입니다. 그동안 몇 번이나 피해 신고를 받았습니다만, 좀처럼 범인의 꼬리를 잡지 못했어요!"

엘자가 그렇게 말했다.

"오늘은 절대로 놓치지 않을 거예요!"

"엘자. 나도 도울게. 저놈들을 쫓아가자."

나는 등에 업었던 메릴을 안나에게 맡기고, 절도단을 쫓아 달리기 시작했다.

엘자도 즉시 그 뒤를 따라왔다.

인파를 헤치고 절도단을 추적했다.

그놈들도 우리가 쫓아온다는 사실을 눈치챈 듯했다.

"멍청한 놈! 우리의 속도를 따라잡을 수 있을 것 같으냐?"

절도단은 지면을 박차더니 건물 벽을 따라 뛰어 올라갔다. 그리고 이쪽 지붕에서 저쪽 지붕으로 차례차례 건너갔다.

주위에 있는 통행인들은 그걸 보고 곡예라고 생각했는지 박수를 쳤다.

우리도 뒤처지지 않고 건물 벽을 뛰어 올라갔다. 그놈들과 똑같이 지붕들을 연속으로 건너갔다.

거리가 멀어지기는커녕 점점 좁혀졌다.

"빠르다……! 이러다간 따라잡힐 거야……!"

"젠장! 그렇다면……!"

절도단 남자 중 한 명이, 근처의 골목길을 지나가고 있는 부모와 자식을 발견했다. 그는 품속에서 나이프를 꺼내 소녀에게 던졌다.

휭!

"꺄악!"

나이프 칼끝이 소녀의 복부를 꿰뚫기 전에——나는 그 궤도에 끼어들어, 이쪽으로 날아오는 나이프의 자루를 움켜쥐었다.

"——휴. 늦지 않아서 다행이다. 어디 안 다쳤니?"

"으, 응……. 오빠, 고마워."

"오빠 소리를 들을 나이는 아닌데……. 아무튼 무사해서 다행이다. 그런데 그놈들은 놓쳐버렸군……."

"어린이를 미끼로 삼다니, 뭐 저런 비겁한 놈들이……!"

엘자는 주먹을 불끈 쥐면서 분노를 드러냈다. 엘자는 여자, 어린이, 노인 같은 약자를 공격하는 인간은 용서하지 않는 성격이었다.

물론 나도 용서할 수 없었다. 반드시 그놈들을 붙잡고 싶었다.

하지만 이미 놓쳐버린 이상——.

『아빠. 들려? 나 안나인데.』

"안나? 이 목소리는 어디서 들리는 거지?"

『메릴의 마법으로 통신하고 있는 거야. 그놈들이 어디 있는지도 알아냈어. 내 머릿속에는 이 도시의 지도가 통째로 입력되어 있으니까. 지시해줄게.』

"와, 믿음직한데?"

"우수한 여동생들이 있어서 참 좋네요."

"그러게."

『칭찬은 고맙지만, 그 말은 절도단을 잡은 후에 해주지 않을래?』

안나의 말이 옳다.

우리는 안나의 지시대로 복잡한 골목길을 따라 달렸다.

세 번째 모퉁이를 돌았을 때 또다시 도적단의 모습을 발견할 수 있었다. 그놈들은 우리의 추적을 눈치채자 몹시 당황한 표정을 내비쳤다.

"어, 어떻게, 우리가 있는 곳을 알아냈지……?!"

"나에게는 우수한 딸이 있거든. 너희들이 왕도의 어디로 도망치든, 우리 딸들의 포위망에서 빠져나갈 수는 없어."

이윽고 절도단은 막다른 골목으로 몰렸다.

그곳은 인적이 없고 음침하고, 방해물이 없는 공간이었다.

비행과 폭력을 실행하기에 안성맞춤인 장소였다.

"자, 더 도망칠 곳은 없어."

"반복해서 금품을 강탈했을 뿐만 아니라, 자기들이 도망치기 위해서 어린 소녀를 희생시키려고 하다니. 그 악랄함은——도저히 그냥 보아 넘길 수 없습니다. 당신들은 제가 책임지고 감옥에 집어넣어 죗값을 치르게 만들겠습니다."

"흥, 더는 도망칠 곳이 없다고?"

절도단의 한 남자가 히죽 웃으며 입술을 일그러뜨렸다.

"궁지에 몰린 것은 너희들이지."

그 순간——.

어두운 골목길의 그늘 속에서 남자들 여러 명이 불쑥 나타났다. 대충 봐도 열 명쯤 되어 보였다.

"처음부터 여기서 동료들과 만날 예정이었다. 우리를 궁지에 몰아넣은 줄 알았지? 오히려 너희가 걸려든 거야."

"으하하! 마구 두들겨 패주마!"

"살아 돌아갈 생각 따윈 하지 마라!"

"그렇군. 이 녀석들이 동료였구나. 마침 잘됐다. 그렇지? 엘자."

나는 엘자를 보고 웃었다.

"네. 당신들이 한데 모여 준다면, 나중에 잔당을 찾으려고 수고할 필요가 없어지니까요. 여기서 한 놈도 남김없이 일망타진할 겁니다."

"야, 너희들은 눈깔이 없냐? 이렇게 머릿수가 차이 나는데? 겨우 두 명에서 우리를 이길 수 있을 거 같아?"

"그건 우리가 할 말이야."

나는 호전적인 미소를 지었다.

"잠꼬대는 집어치워!"

절도단이 일제히 우리에게 덤벼들었다.

그리고 몇 분 후——.

나와 엘자의 눈앞에는 절도단 남자들이 쓰러져 있었다.

다들 전의를 상실하고 고통스러운 신음을 흘리고 있었다.

"너, 너희들, 대체 뭐야……? 너무 강하잖아……!"

"말도 안 돼! 겨우 두 명에게 당하다니……!"

"응? 그야 뭐. 여기 있는 엘자는 왕도 기사단장인걸. 너희들이 한꺼번에 덤벼들어도 결코 이기지 못할 거야."

"이, 이 녀석이, 그 유명한 S랭크 모험가였어……?"

털썩. 절도단 멤버들은 그대로 기절해버렸다.

절도단은 한 명도 빠짐없이 체포됐다.

"결국 이 소중한 휴일도 기사단 업무를 위해 사용하고 말았네요."

"그러게. 하지만 절도단을 그냥 내버려 둔 채 휴일을 만끽해봤자, 엘자 너는 만족하지 못했을 거야. 그렇지?"

"당연하지요. 저는 기사단장이니까요."

나는 그 말을 듣고 미소를 지었다.

성실하고 책임감 있는 훌륭한 사람으로 자랐구나.

나 같은 놈한테는 과분할 정도였다.

"글쎄. 뭐, 괜찮지 않아? 가끔은 이런 식으로 휴일을 보내는 것도 좋지. 나도 절도단을 괴롭히는 게 재미있었는걸."

"아~ 안나는 사디스트니까―. 남을 괴롭히는 것을 참 좋아하지."

"응? 메릴. 방금 뭐라고 했어?"

"아무 말도 안 했어―."

이리하여 우리의 휴일은 막을 내렸다.

제29화

"카이젤 씨. 제발 부탁이에요! 안나 씨의 약점을 가르쳐주세요!"

모험가 길드 건물 안.

테이블 맞은편에 앉아 있는 모니카가 나에게 그런 말을 했다. 적극적으로 몸을 쑥 내밀고 진지한 표정을 지은 채.

"……응? 뭐라고?"

"아이참. 진지하게 들어주세요. 다시 한번 말할 테니까, 알았죠? 저에게 안나 씨의 약점을 가르쳐주세요!"

모니카는 '어쩔 수 없네요'란 태도로 다시 한번 이야기했다.

……아무래도 내가 잘못 들은 것은 아닌가 보다.

"왜 안나의 약점이 알고 싶은 건데?"

"이유야 단순하죠. 안나 씨가 너무 완벽하기 때문이에요. 지적이고 예쁘고, 남들을 배려할 줄 알고, 사상 최연소 길드 마스터가 될 정도로 재능이 있고, 덤으로 카이젤 씨처럼 멋진 아버지도 있잖아요. 이건 너무 불공평해요! 하늘은 도대체 안나 씨에게 얼마나 많은 것을 베풀어줘야 직성이 풀리는 거죠?! 잘 나눠줘야 할 거 아녜요?!"

"그, 그렇군……."

"겨우 두 살밖에 차이가 안 나는데, 인간으로서 이토록 차이가 나다니. 저절로 의욕이 떨어진다고요. 진짜로."

모니카는 이휴 하고 한숨을 쉬었다.

그 표정은 부지런히 바뀌었다. 왠지 희귀한 동물을 구경하는 기분이 들었다.

"이러다가는 일에도 지장이 생길 것 같아요. 업무 태만 루트로 들어가는 거죠."

"그래서 안나의 약점을 알고 싶다고?"

"네. 게다가 안나 씨의 약점을 알게 되면, 제가 일하다가 실수해서 혼날 때도 '그래도 난 안나 씨의 약점을 알고 있으니까~'라고 우월감을 느낄 수 있잖아요?! 자, 어때요?!"

"그건 애초에 실수를 안 하려고 노력하면 되는 거 아냐……?"

"아— 몰라요—. 안 들려요—."

모니카는 그 자리에 쪼그려 앉아서 두 귀를 막았다.

"안나 씨도 사람이잖아요. 분명히 있을 거예요. 다른 장점들이 다 무의미해지는 약점이."

"다른 장점들이 다 무의미해지는 약점? 으음……."

"예를 들면 유두가 엄청나게 길쭉하다거나, 지독한 변비로 고생하고 있다거나, 죽을 만큼 심각한 치질이 있다거나. 뭐 그런 거 없어요?"

"약점의 장르가 끔찍하게 한쪽으로 치우친 느낌이 드는데……. 음, 글쎄. 일단 안나에게도 약점 비슷한 것은 있어."

"정말이에요?! 가르쳐주세요! 당장!"

"그 애는 어린 시절부터 벌레를 몹시 싫어했어. 어릴 때 쐐기한테 쏘여서. 그래서 벌레는 제대로 건드리지도 못해."

"벌레요……? 네, 좋은 정보를 입수했네요."

모니카는 내 말을 듣더니 히죽 하고 사악한 미소를 지었다.

"후후후……. 안나 씨. 당신이 완벽한 미소녀인 것도 오늘이 마지막이에요. 내가 당신의 진짜 정체를 밝혀내 줄게요!"

"잠깐만, 어디 가? 지금은 근무 시간이잖아?"

"일이나 하고 있을 때가 아니에요! 타도 안나 씨 프로젝트, 당장 준비해야죠! 우워어어어어! 의욕이 타오르네요—!"

모니카는 일을 팽개치고 바깥으로 뛰쳐나갔다.

잠시 후 모니카가 길드 안으로 돌아왔다. 땀을 뻘뻘 흘리면서 무릎을 짚었다.

"헉…… 헉……."

"많이 피곤해 보이네. 뭘 하고 온 거야?"

"이걸 만들어 왔어요!"

모니카가 의기양양한 얼굴로 높이 들어 올린 것은——종이로 만든 쐐기 모형이었다. 언뜻 보면 진짜라고 착각할 정도로 정교했다.

"이 가짜 쐐기를 이용해서, 안나 씨가 비명을 지르게 할 거예요. 완벽한 미소녀로 있을 수 있는 것도 오늘이 마지막입니다!"

"…………."

정말 의욕이 엄청나구나.

이 의욕을 조금이라도 일에 투자했으면……이란 생각이 들기도 했지만. 뭐, 일과 취미의 열량은 비례하지 않는다는 말도 있으니까.

"어머나? 아빠. 왔어?"

안쪽에 있던 안나가 우리를 알아보고 말을 걸었다.

"응, 왔지."

"후후. 아빠가 왕도에 와준 덕분에 내가 편해졌어. 어려운 의뢰가 들어와도, 이걸 잘 해낼 수 있을까? 하고 걱정할 필요가 없어져서."

그렇게 나와 안나가 담소를 나누고 있는데.

모니카가 은근슬쩍 안나의 등 뒤로 이동하더니.

"지금이다!"

손에 들고 있던 쐐기 모형을 안나의 목덜미 쪽으로 쑥 집어넣었다.

"안나 씨! 당신 등에 쐐기가 들어갔어요!"

"흐아아아악!"

안나는 쐐기라는 단어를 들자마자 반사적으로 펄쩍 뛰었다. 등 뒤로 들어간 가짜 쐐기기 부스럭부스럭 옷 속에서 피부와 부딪쳤다.

"꺄아아아아악?!"

안나는 비명을 지르며 그 자리에 쓰러졌다. 그러고는 옆에 있던 모니카의 옷자락을 붙잡더니, 당장이라도 울 것 같은 표정으로 쳐다보면서 말했다.

"꺼내줘! 모니카! 빨리, 꺼내줘!"

"어? 이.상.하.네—? 쐐.기.가. 어.디. 갔.지—. (국어책 읽기)"

"제발……! 쐐기는……! 나, 쐐기는 딱 질색이야……! 훌쩍……! 모니카, 빨리, 빨리 꺼내줘어어……!"

"아, 안나 씨가 울먹이면서 나한테 의지하다니……. 귀여워……!"

모니카는 완전히 초췌해진 안나의 모습을 보고 감동한 것 같았다. 가슴에 손을 대고 황홀한 표정을 짓고 있었다.

"알았어요! 저만 믿으세요!"

안나가 자신에게 의지하자 기분이 좋아진 모니카. 그녀는 안나의 옷 속에 손을 쑥 집어넣었다.

"앗…… 흐윽……. 거긴…… 아니잖아……?!"

모니카가 자신의 온몸을 더듬거리자, 안나는 우물우물 신음을 냈다. 움찔움찔 그 몸이 조금씩 떨렸다.

"여긴가?! 어때, 여기가 좋아?!"

"아앗……! 안 돼……!"

이봐, 뭐 하는 거야.

쐐기를 꺼내준다는 명목으로 안나의 몸을 더듬는 짓은 그만해. 완전히 성희롱하는 아저씨 같잖아.

"얍—! 자, 꺼냈습니다!"

모니카는 위풍당당하게 말하면서 오른손을 하늘 높이 들었다. 그곳에는——가짜 쐐기가 있었다.

"……사, 살았다. 당장 밖에다 버리고 와——아, 어?"

휴 하고 안도의 한숨을 내쉬던 안나. 그러나 모니카의 손에 들린 쐐기를 보자마자 의심하는 눈빛으로 변했다.

"그 쐐기…… 자세히 보니까, 종이로 만든 가짜 같은데?"

"흐앗?!"

"……뭐가 어떻게 된 거야? 아빠, 모니카. 아는 것은 전부 다 말해. 그러는 게 신상에 좋을걸?"

"히이이이익?!"

웃는 얼굴이 무서웠다. 안나가 진심으로 화났을 때의 모습이 이거였다. 고향 사람들은 이런 상태가 된 안나를 '악마'라고 부르면서 두려워했다.

결국 안나의 힐문에 굴복한 모니카는 모든 사실을 고백했다.

"아하, 그래. 전부 다 모니카가 꾸민 짓이었구나. 일은 안 하고, 이런 것을 열심히 만들었단 말이지?"

"제, 제발, 용서……."

"안 돼—♪ 오늘은 실컷 야근을 시켜줄 거야♪"

"흐이이이이익!"

활짝 웃는 안나 앞에서 모니카는 비명을 지르고 있었다. ……좀 전과는 정반대의 구도가 되었구나.

"그래, 어때? 안나의 약점을 알게 되어서 만족했어?"

나는 그렇게 모니카에게 물어봤다.

"글쎄요—. 음, 벌레를 싫어한다는 약점은 오히려 안나 씨의 귀여움을 돋보이게 해주는 것 같은데요. 다만……."

"다만, 뭐?"

"안나 씨를 괴롭히는 것이 재미있다는 사실을 알게 됐으니까. 그건 큰 수확이에요♪ 앞으로도 약점을 이것저것 가르쳐주세요!"

"…………."

혼쭐이 났는데도 모니카는 전혀 좌절하지 않은 것 같았다. 아니, 오히려 더 큰 의욕을 보여주고 있었다.

굉장히 터프하구나. 이 열정을 조금쯤은 일할 때도 발휘해주면 좋을 텐데…….

제30화

밤.

나는 대중적인 술집의 테이블 앞에 앉아 있었다.

동석한 사람은 마법 학교 교장인 마릴린. 교사 이레네. 그리고 나를 눈엣가시로 여기는 노먼. 그렇게 세 사람이었다.

"어— 오늘은 이처럼 다들 모여 줘서 고맙다. 나를 비롯한 마법 학교 강사들끼리 한 테이블에 둘러앉아서 서로 간의 친목을 도모 했으면 좋겠어. 격의 없이 편하게."

마릴린은 테이블 주변에 앉은 사람들을 둘러보더니 빙그레 웃 었다.

"자, 그럼. 다 함께 건배할까?"

""건배!""

우리는 각자 들어 올린 잔을 부딪쳤다.

그 후 술잔에 채워진 에일맥주를 쭉 들이켰다. 차갑고 약간 씁 쓸한 에일맥주가 목구멍으로 넘어가 오장육부에 스며들었다.

참고로 우리 모두 에일맥주를 주문했다.

"교장 선생님, 괜찮으시겠어요? 에일맥주를 드시다니. 교장 선 생님의 외모를 보면 꼭 주스를 주문해야 할 것 같은데요."

이레네가 마릴린을 보며 말했다.

"말도 안 되는 소리. 나는 미성년자가 아니야. 어엿한 성인이지. 오렌지 주스 같은 애들 음료수로 만족할 수 있겠느냐?"

"교장 선생님은 평소에도 술을 즐기십니까?" 하고 내가 물어 봤다.

"음. 알코올 도수는 높으면 높을수록 좋아. 오직 취했을 때만 나는 진정한 나로서 존재할 수 있으니까."

"알코올 중독자 같은 발언……."

어린 소녀처럼 생긴 사람한테서 흔히 튀어나올 만한 말은 아니 었다.

"그나저나 카이젤. 그대의 이야기를 해보고 싶구나."

"네? 저요?"

"그래. 수업이 꽤 평판이 좋은 모양이더군. 다른 반 학생들이 자기 수업을 포기하고 청강하러 올 정도라고 하던데."

"네. 게다가 교사들도 자주 청강하러 가요. 이렇게 말하는 저도, 카이젤 씨 덕분에 매번 새로운 것을 배우고 있습니다."

이레네는 자기 수업이 있을 때를 제외하면 거의 꼬박꼬박 내 수 업을 청강하러 왔다.

수업이 끝나면 학생들과 함께 질문도 하러 왔다.

그래서 학구열이 대단하구나~ 하고 나는 늘 감탄했다.

"교장 선생님. 카이젤 씨의 수업은 굉장해요. 매우 복잡한 내용 을 누구나 이해할 수 있도록 평이하게 설명해주거든요. 그야말로 매번 눈이 번쩍 뜨이는 느낌이에요. 강사로서도, 마법사로서도 존경할 따름입니다."

"이레네. 꽤 진지하게 열변을 토하는구나."

마릴린은 입술을 일그러뜨리며 히죽 웃었다.

"혹시 카이젤에게 반한 건가? 으응?"

"네엣?! 바, 반하다니요?!"

이레네는 당황했는지 양손을 가슴 앞으로 들어서 좌우로 흔들었다. 얼굴이 새빨개진 것은 단순히 술에 취해서 그런 것은 아니리라.

마릴린은 그 반응을 보고 만족스러운 표정을 지었다.

"카이젤. 그대는 딸은 있어도, 결혼은 안 했지? 그럼 이레네와 결혼해보는 건 어떤가?"

"겨, 결혼이요?"

"그래. 이레네는 고지식하긴 해도 미인이고, 가슴도 크고 아이도 잘 낳을 거야."

"교장 선생님! 그만하세요! 성희롱으로 고소할 겁니다! 다음에는 법정에서 만나게 될 거예요, 아셨죠?!"

"큭큭큭. 나는 마법 학교 교장이니까. 고소를 당하더라도, 법원과 미리 잘 협상해놓으면 얼마든지 이길 수 있어."

"치, 치사한 권력자……!"

이레네는 마릴린을 원망하는 눈빛으로 쏘아봤다.

마릴린은 그런 시선을 받아도 아무렇지도 않게 태연한 표정으로 있었다. 원망의 눈초리든 비난이든 전혀 개의치 않았다.

"어떠냐? 카이젤. 이레네 같은 여자는 별로인가?"

"아뇨. 멋진 여성이라고 생각합니다."

"네엣?! 카, 카이젤 씨, 뭐라고요?!"

이레네는 놀라서 새된 소리로 외쳤다.

그러고는 이어서 수줍게 머뭇거리면서——.

"고, 곤란해요……. 그러시면……. 아니, 물론 기쁘지만……. 카이젤 씨에게는 이미 따님이 셋이나 있으니까……. 저와 맺어져서 자식이 생긴다면, 그 애와 세 따님 사이에서 갈등이 발생할지도……."

"벌써 자식이 생긴 다음의 일을 생각하는 건가? 이레네. 그대는 망상을 너무 잘하는 것 같은데?"

마릴린은 어이없다는 듯이 중얼거렸다.

"그리고 방금 카이젤이 말했던 '멋진 여성이라고 생각합니다'라는 대사는, 고백이 아니라 순수한 사교적 칭찬이 아닐까?"

"네?!"

"그대는 진지하게 받아들인 모양인데……. 역시 연애를 해본 적이 없는 숫처녀는 순진해질 수밖에 없는 건가."

"…………."

이레네의 안경 너머에 있는 눈동자에서 갑자기 빛이 사라졌다.

"교장 선생님. 당장 저를 마법으로 없애주세요. 입자 한 알 남지 않을 정도로. 기억과 육체를 모조리 제거해주세요."

"뭐—? 귀찮은데. 취했을 때 마법을 사용하고 싶진 않다."

"제발 부탁이에요! 이대로 쭉 수치를 느끼면서 살아가고 싶진 않습니다! 숫처녀 특유의 자의식이 기괴하게 발동되는 바람에!

아아!"

"아니 뭐, 괜찮잖아?! 숫처녀가 뭐 어때서! 오히려 숫처녀가 최고지!"

쾅!

아까부터 침묵을 지키던 노먼이 갑자기 힘껏 테이블을 내리쳤다. 그 눈동자에서는 비정상적인 열의의 빛이 흘러넘쳤다.

"노먼. 그대는…… 처녀 마니아인가?"

"당연하지! 남자는 전부 다 처녀 마니아야! 처녀는 지고의 존재야! 결혼하기도 전에 육체관계를 맺은 여자는 모조리 감옥에 처넣어야 해!"

노먼은 뜨거운 열변을 토해냈다.

"이거 참, 순도 높은 처녀 마니아구먼."

마릴린은 씁쓸하게 웃었다.

"노먼 씨. 솔직히 말하자면, 정떨어지네요."

이레네는 몹시 차가운 눈빛으로 말했다.

"…………."

노먼은 사실 이레네를 옹호하기 위해 그런 말을 했을 것이다. 그러나 당사자인 이레네가 불쾌함을 느끼고 있었다.

노먼은 쿨럭 하고 헛기침을 한 번 하더니——.

"아, 됐어! 술 가져와! 기억이 싹 사라질 정도로 마시자!"

벌컥벌컥 에일맥주를 마시기 시작했다.

이레네는 교장에게 마법으로 자신을 없애 달라고 애걸했고, 노먼은 기억을 잃어버릴 정도로 에일맥주를 미친 듯이 마시고 있었다.

회식 자리는 혼돈의 현장이 되었다.

"큭큭큭……. 무릇 회식은 이런 것이어야지♪"

마릴린 혼자만 마치 하계를 굽어보는 신처럼 그 광경을 관망하고 있었다.

"우읍. 웨엑."

"노먼. 정신 차려."

가게 밖.

밤도 깊어진 큰길에서.

나는 곤드레만드레 취해버린 노먼을 부축하고 돌봐주면서 걷고 있었다.

"끄윽……. 난 이미 다 틀렸어. 교사의 위엄은 몽땅 잃었고, 이레네 선생님은 완전히 나한테 정이 떨어졌다고."

"그렇게 비관하지 마. 어찌 되었든 마법 실력까지 없어진 건 아니잖아. 앞으로 명예를 회복할 기회는 얼마든지 있어."

"카이젤. 너 이 자식. 내 편을 들어주는 거냐……?! 나는 그렇게 너한테 얄미운 짓만 했는데도……!"

"외부에서 온 사람이 갑자기 잘나가면 기분이 좋을 리 없지. 당신 마음은 나도 어느 정도 이해해. 게다가."

"음?"

"우리는 둘 다 마법 학교 강사잖아? 그러니 서로 도와야지."

나는 노먼을 보면서 웃었다.

"오, 카이젤. 진정한 친구여……! 나를 이해해주는 사람은 너밖에 없다……! 그래, 세상은 아직 살 만해."

노먼의 눈동자가 촉촉해졌다.

"카이젤. 2차 가자. 내가 쏠게."

"뭐? 더 마신다고?"

"당연히 마셔야지. 원래 남자들의 밤은 길잖아?"

"……나 참. 하는 수 없지. 같이 가줄게."

"암, 그래야지."

달밤에 우리는 2차 술집으로 걸어갔다. 그리고 둘이서 밤새도록 술을 마셨다.

그 결과, 남자들의 우정이 깊어진 느낌이 들었다.

제31화

이튿날.

나는 오전에는 안나가 부탁한 모험가 길드의 C랭크 임무를 수행하고, 오후부터는 쉬게 되었다.

웬일로 특별한 스케줄도 없었다.

그래서 아무런 이유 없이 시장에서 어슬렁어슬렁 돌아다니고 있었다.

변함없이 시장에는 사람들이 북적거렸다. 그런데 그때, 인파를 헤치며 맞은편에서 달려오는 사람이 있었다.

조그만 소녀였다. 수수한 천으로 된 옷을 입고 있었다.

나이는 아마 열 살 정도일 것이다.

새침한 고양이를 연상시키는 얼굴. 눈은 커다란 수정 같았다. 그 외모는 마치 인형처럼 속세와 동떨어진 아름다움을 지니고 있었다. 왠지 모르게 기품이 느껴지는 자태였다.

그 소녀는──이상하게도 필사적인 표정이었다.

"이봐! 아무나 좀! 저 애를 잡아줘!"

소녀의 어깨 너머에서 날아온 목소리.

──뭐지? 설마 누군가가 소녀를 납치하려고 하는 건가?

그렇게 생각했는데, 그 소녀를 잡아 달라고 요청한 사람은 내가 아는 가게 주인이었으므로, 나는 누구 편에 설지 결정했다.

내 옆을 지나쳐 가려는 소녀에게 발을 걸었다. 소녀는 무게중심이 앞으로 쏠려 넘어지려고 했다. 나는 오른팔을 뻗어 소녀를 받아줬다.

그리고 그 가냘픈 몸을 내 겨드랑이에 끼워 포획했다.

"놔! 이거 안 놔?! 이 멍청한 놈!"

나에게 포획된 소녀는 두 다리를 버둥거리면서 저항했다.

이윽고 가게 주인이 여기까지 쫓아왔다.

"헉, 헉……."

"대체 무슨 일이야?"

"이 여자애가 우리 가게의 상품을 무전취식하고 도망쳤어. 가판대에 놔둔 사과를 제멋대로 집어 먹었다고."

"나는 무전취식 같은 비열한 짓은 안 해! 사과를 먹으려면 돈이 필요하다는 사실을 몰랐을 뿐이야!"

소녀의 주장에 의하면——.

시장에서 돌아다니고 있는데, 먹음직스러운 사과가 가판대에 진열되어 있었다.

마침 배도 좀 고파서 그것을 집어 먹었다. 가게에 있는 사과를 먹으려면 돈을 내야 한다는 사실은 몰랐다. 그러자 가게 주인이 "야!" 하고 소리를 질렀으므로, 너무 놀라 반사적으로 도망쳤다——고 한다.

"그런 변명이 통할 것 같아?! 이 도둑놈아!"

"뭐——?! 내가 도둑놈이라고?! 웃기지 마! 이봐, 상인. 방금 그 말은 취소해라!"

"취소하길 바란다면 우선 돈부터 내!"

"으…….돈은…… 지금, 없는데…….'"

"그럼 안 되겠네! 일단 순찰 중인 기사를 불러야겠다. 그리고 네 부모님을 소환해서, 이 무전취식의 죄를 보상하라고 해야겠어."

"기, 기사는 부르지 말아줘! 제발 부탁이다! 내 부모를 소환하는 것은, 너에게도 손해가 되는 일일 거야!"

"뭔 소리야? 그게 왜 나한테 손해인데?"

"그, 그건…….'"

"──나 참. 협박하려고 해봤자 소용없어. 신고를 당하는 게 그렇게 싫어? 그럼 우선 사과 값부터 내놔."

"아니, 그러니까 돈이 없다고 했잖아!"

똑같은 이야기가 되풀이되고 있었다.

이대로 놔두면 틀림없이 가게 주인이 기사를 부르게 될 것이다. 그러면 소녀는 혼쭐이 날 테고.

그건 좀 불쌍한데……. 하는 수 없지.

"그럼 내가 돈을 내줄게."

"“뭐?!”"

소녀와 가게 주인이 동시에 나를 쳐다봤다.

"카이젤 씨. 진심이야?"

가게 주인이 믿을 수 없다는 듯이 질문했다.

"이 아이는 돈이 없는 것 같으니까. 반성도 하는 것 같고. 이번 한 번은 너그럽게 용서해줘."

나는 그렇게 말하고 가게 주인에게 돈을 쥐어 줬다.

소녀가 훔치려고 했던 사과 가격의 열 배쯤 되는 금액이었다.

"이, 이렇게 많이……?"

"어, 그냥. 위자료라고 생각하고 받아."

"으음, 늘 나한테 잘해주는 당신이 그렇게까지 말한다면…….
이봐, 꼬마야. 카이젤 씨에게 감사해라. 알았지?"

가게 주인은 소녀를 용서해준 것 같았다.

소녀를 향해 '저리 가!' 하고 파리 쫓는 듯한 시늉을 하자, 소녀
는 '흥, 메롱이다!' 하고 눈을 부릅뜨며 혀를 쏙 내밀었다.

"야, 이 꼬맹이가!"

"왜, 뭐! 시끄러워! 바보 멍청이야!"

소녀는 가게 주인을 실컷 도발한 뒤 빠르게 가게 앞을 떠났다.
그렇게 한참 가다가 나에게 말을 걸었다.

"흥. 일단 고맙다는 인사는 할게. 네 덕분에 살았어."

"그래? 다행이네."

"그런데 어째서 나 대신 돈을 내준 거지? 우리는 남남인데. 일
부러 돈을 내줄 이유는 없잖아?"

그때 소녀는 화들짝 놀란 표정을 지었다.

"설마, 넌…… 롤리타 콤플렉스인지 뭔지 하는 그거냐? 나에게
은혜를 베풀고, 그 대가로 나쁜 짓을 하려는 것이냐?"

"그럴 리가 없잖아."

나는 쓸쓸하게 웃으며 말을 이었다.

"아까 그 상황은 그렇게 하지 않으면 수습이 불가능했어. 그리고 너는 '돈을 안 내면 사과를 먹을 수 없다'는 사실을 몰랐잖아? 그럼 앞으로는 그런 짓을 안 할 테니까, 굳이 기사나 부모님까지 부르는 것은 지나친 처사라고 생각했어."

"내가 당장 위기를 모면하려고 거짓말을 했을 수도 있잖아?"

"만약에 그렇다면, 그런 질문은 하지도 않았을 테지. 게다가 네 눈을 보면 알아. 네가 거짓말쟁이가 아니란 것은."

모험가로서의 직감이었다.

그러자——.

"크훗…… 하하하!"

소녀는 갑자기 소리 높여 웃었다.

"너 재미있는 놈이구나. 마음에 들어!"

이유는 몰라도 내가 마음에 드나 보다. 아직 어린 이 소녀는.

"너. 이름이 무엇이냐?"

"카이젤인데."

"그래. 카이젤——으, 응? 카이젤? 너…… 혹시, 엘자라는 딸이 있지 않나?"

"그렇기는 한데…… 엘자를 알아?"

"당연히 알지. 그 사람은——."

소녀가 무슨 말을 하려고 했다. 그런데 그 순간.

"프림 님!"

늠름한 목소리가 울려 퍼졌다. 아주 익숙한 목소리였다.

돌아봤더니 기사단 갑옷을 입은 엘자가 이쪽으로 뛰어오고 있었다.

프림——그것이 이 소녀의 이름인가.

"프림 님. 계속 찾아다녔잖아요. 또 마음대로 성에서 빠져나가시다니. 왕궁 사람들과 기사단 일동이 얼마나 놀라서 허둥거렸는지 아세요?"

"후후후. 아무에게도 들키지 않도록 만전을 기했으니까."

"자랑스럽게 말씀하시지 마세요."

그때 엘자는 프림 옆에 있는 나를 발견했다.

"아버님. 왜 여기 계시는 거예요?"

"아니. 그냥 좀. 그런데 이 아이는? 아는 사람이야?"

"아는 사람이라기보다는……."

이유가 뭘까. 묘하게 우물거리는 엘자.

"엘자는 나의 근위병이다."

프림이 엘자 대신 대답했다.

"근위병? 어, 그럼……?!"

엘자가 고개를 끄덕였다.

"이분은——프림 님은, 이 나라의 왕녀님이십니다."

"뭐라고?!"

공주님이잖아!

국왕 폐하와 여왕 폐하의 딸.

"그렇다. 내 이름은 프림 바겐슈타인. 위대한 왕——소듐 바겐슈타인의 외동딸이다."

"프림 님. 아무튼 이제 성으로 돌아가시죠. 모두 걱정하고 있어요."

"흠……. 아직도 하고 싶은 일은 많지만. 하는 수 없지. 오늘은 순순히 따를게."

프림은 그렇게 말하더니.

"카이젤. 오늘은 도와줘서 고맙다. 그럼 다음에 또 보자."

그 말을 남기고 떠나갔다.

"공주님! 기다리세요!"

엘자가 허둥지둥 그 뒤를 따라갔다. 저 모습을 보니, 근위병으로서 매일 공주님에게 휘둘리면서 사는 것 같았다.

——그런데 저 아이가 설마 공주님이었을 줄이야…….

아까 그 가게 주인이 기사를 부르고 부모님까지 소환했더라면, 지금쯤 엄청난 소동이 벌어졌을 것이다.

이 나라의 최고 권력자가 행차하셨을 테니까.

어쩌면 가게 주인의 목이 날아갔을 수도 있다.

공주님이 이를 꺼렸던 것은, 자기 자신을 지키기 위해서라기보다 오히려 그런 이유 때문이었을지도 모른다.

나는 프림을 도와줬다고 생각했는데, 결과적으로는 가게 주인의 목숨도 구해준 게 아닐까.

제32화

"아버님. 긴히 부탁드릴 것이 있습니다."

밤, 우리 집 거실.

엘자가 나에게 다가와 그런 말을 꺼냈다.

나는 손에 든 신문을 내려다보다가 고개를 들었다.

"응? 신기하네. 엘자가 나에게 부탁을 다 하다니. 그래. 뭐든지 말해봐. 가능한 한 협조할게."

"감사합니다. 실은 내일 성에 와주셨으면 좋겠어요."

"성에? 내가?"

"네. 프림 님이 아버님을 만나고 싶다고 하셨습니다."

프림——은 이 왕도의 공주님 이름이었다.

얼마 전에 몰래 시장에 나왔다가 무전취식 범죄자 취급을 당했는데, 그때 내가 대신 돈을 내서 그녀를 구해줬었다.

"오늘은 공주님이 그 일로 계속 떼를 쓰셨거든요. 성에서 대소동이 일어났어요. 그래서 아버님이 좀 힘드시겠지만 와주셨으면 해서……."

엘자의 표정은 몹시 지쳐 보였다.

근위병인 엘자는 공주님을 쭉 지켜보는 역할이니까. 아마도 제멋대로 구는 프림한테 심하게 휘둘렸을 것이다.

엘자도 이래저래 고생이 많구나…….

저절로 동정심을 느꼈다.

"다른 누구도 아닌 사랑하는 딸의 부탁인걸. 그래, 알았어."

"정말인가요?! 감사합니다!"

엘자의 얼굴을 덮었던 먹구름이 순식간에 사라졌다.

엘자는 큰 가슴에 손을 얹더니, 안도한 것처럼 한숨을 내쉬었다.

내일은 일단 모험가 길드에 갈 생각이었는데, 안나에게 사정을 설명하자 안나는 "엘자의 부탁을 우선시해줘"라고 말했다.

그리고 다음 날.

나는 엘자와 함께 성으로 갔다.

왕도의 중심부에 있는 호화로운 성──그 앞에는 도개교가 걸려 있었다. 그리고 앞쪽의 성문에는 기사가 좌우로 갈라져 서 있었다.

그 기사들은 우리를 보자마자 뛰어왔다.

눈가에는 짙은 다크서클이 있었다.

"아아! 카이젤 님! 와주셨군요! 다행이에요……! 이로써 공주님도 더 이상 난동을 부리지 않을 테지요……!"

"자! 당장 알현하러 가주세요!"

단지 방문했을 뿐인데도, 다들 나에게 엄청나게 고마워하고 있었다.

어제 프림이 도대체 얼마나 심하게 떼를 쓴 걸까…….

쓴웃음을 짓는 엘자. 나는 엘자의 안내를 받으며 성안으로 발을 들여놓았다.

고급스러워 보이는 융단이 깔린 복도를 걷다가 계단으로 올라갔다. 그리고 국왕 접견실로 이어지는 호화로운 쌍여닫이문을 활짝 열었다.

"엘자. 수고했어."

우리를 맞이해준 사람은 프림이었다. 그녀는 본디 왕이 앉아야 할 왕좌에서 다리를 꼬고 앉아 있었다.

전에 봤을 때의 수수한 옷이 아니라 드레스를 입은 채였다.

이렇게 보니까 과연 공주님이라는 느낌이 들었다. 한 소녀 안에서 늠름함과 화려함이 멋지게 동거하고 있었다.

왕족의 기품도 느껴졌다.

"어머나~. 당신이 카이젤 씨인가요?"

프림의 옆에 앉아 있는 여성이 입을 열었다.

호화로운 레이스 드레스 차림.

느긋한 분위기를 지닌 절세미인.

바로 이 나라의 여왕 폐하──소니아 바겐슈타인이었다.

"──앗."

나는 그 얼굴을 보자마자 무의식중에 신음 소리를 냈다.

여왕 폐하와는 모험가 시절에 몇 번 만난 적이 있었다. 그분에게서 임무 달성 공적을 기리는 훈장도 받았었고.

여왕 폐하는 내 이름을 알았다. 그렇다면 내 정체를 눈치챌지도──.

"처음 뵙겠습니다~. 우리 프림이 신세를 졌네요~."

……어?

"……여왕 폐하. 저. 기억 안 나십니까?"

"네? 어디서 만난 적이 있나요?"

아마도 기억을 못 하나 보다. 내 외모가 당시와는 달라졌기 때문일까? 하지만 이름을 듣고도 뭔가 떠올리지 못한다는 것은…….

아니, 됐다. 기억하지 못한다니 잘됐다.

"아뇨, 실례했습니다. 여왕 폐하. 처음 뵙겠습니다."

나는 즉시 무릎을 꿇었다.

"그렇게 예의 차리지 않아도 돼요~. 고향집에 돌아온 것처럼 편히 쉬시길 바라요."

말도 안 되는 이야기다.

이렇게 엄숙한 국왕 접견실에서 편히 쉰다는 것은 불가능하다.

"딸에게서 당신 이야기는 들었습니다~. 당신이 돈을 대신 내주셨다고요. 제멋대로 구는 이 아이를 상대하느라 고생하셨죠?"

"아닙니다……."

"우리 딸을 돌봐줘서 감사합니다~. 기사님, 예의 물건을 카이젤 씨에게 전해주세요."

"네!"

소니아가 손뼉을 치자, 기사가 이에 응하여 내 곁으로 다가왔다.

그리고 가죽 주머니를 내밀었다.

그 안에는 금화가 꽉꽉 채워져 있었다.

"세상에! 아뇨, 이런 것은 받을 수 없습니다!"

"네? 아, 영지가 더 나은가요?"

"그게 아닙니다! 보수 따윈 필요 없……."

"안 돼요. 소중한 딸을 도와주신 그 은혜에 보답하지 않는다면, 이 나라의 위신이 손상될 겁니다."

"그, 그렇다면, 그 돈을 교회에 기부해주십시오."

"후후. 알겠습니다. 카이젤 씨의 말씀대로 하도록 하죠. 당신은 욕심이 별로 없으신 것 같네요."

소니아는 자기 뺨을 감싸면서 생글생글 웃었다.

"엘자 씨의 성실함은 아버님에게서 물려받은 것이었군요. 후후. 당신은 훌륭한 부모님 아래에서 자랐네요."

"치, 칭찬 감사합니다."

엘자는 쑥스러운 미소를 지었다.

"어머님. 원래 하려던 이야기를 해도 될까?"

"어머, 그래. 미안하구나."

소니아가 이야기의 주도권을 넘겨주자, 프림은 나를 쳐다봤다. 그리고 아직 열 살 정도밖에 안 됐다는 것이 믿어지지 않을 정도로 위엄 있는 어조로 이야기했다.

"카이젤. 너를 불러낸 이유는 간단하다. 바로 나——프림 바겐슈타인의 소유물이 되어라!"

"뭐?"

"나는 네가 마음에 든다. 나는 마음에 든 것은 뭐든지 손에 넣이야지만 직성이 풀리는 성격이다."

"어휴, 얘. 프림아. 말투가 너무 난폭하잖니?"

소니아는 부드럽게 타이르더니, 난처한 것처럼 나를 향해 미소 지었다.

"이 아이는 어지간히 카이젤 씨가 마음에 들었나 봐요. 우리 남편은 5년 전에 세상을 떠났으니까요. 부성이 그리운가 봅니다."

그렇다——.

이 나라의 왕은 5년 전 병으로 세상을 떠났다.

그 후로 이 나라는 소니아 여왕이 다스리고 있었다.

"프림은 소유물로 삼고 싶다고 말했지만, 나는 카이젤 씨가 프림의 가정교사가 되어줬으면 좋겠어요."

"가정교사요?"

"네. 이 아이에게 공부와 바깥세상에 관한 지식을 가르쳐주시길 바라요. 나도 엘자 씨의 부친인 카이젤 씨라면 안심하고 맡길 수 있으니까요. 어떤가요? 이 일을 맡아주시지 않을래요?"

"그런 제안을 해주시니 영광입니다만……. 저는 그 외에도 여러 가지 일을 겸업하고 있어서요. 가정교사 일에만 전념하기는 어려울 거라고 생각합니다."

"물론 카이젤 씨가 시간 있는 날에만 해주셔도 됩니다. 가볍게 놀러 오는 기분으로 해주시면 돼요."

가볍게 왕궁에 놀러 온다고? 그런 기분이 들 것 같진 않은데…….

하지만——.

프림은 어린 나이에 아버지를 여의었다.

제멋대로 구는 것도 어쩌면 외로워서 그런 걸지 모른다.

자기한테 신경 써주기를 바라는 것이다. 틀림없이.

"알겠습니다. 제가 도움이 된다면, 그 일을 받아들이겠습니다."

"정말?!"

프림의 표정이 확 밝아졌다.

"카이젤 씨. 감사합니다. 손이 많이 가는 아이일 텐데, 부디 잘 부탁드리겠습니다."

이리하여 나는 공주님의 가정교사 역할을 맡았다.

이로써 기사단 교관, 모험가, 마법 학교 시간 강사에 더하여 네 번째 직업을 가지게 되었다.

무서울 정도로 엄청난 겸업 상태였다.

이러다 과로사하는 게 아닐까……?

제33화

그 후 며칠 동안은 다른 일을 했다.

기사단 교관으로 일하기도 하고, 모험가로서 긴급 임무를 수행하러 가기도 하고, 마법 학교 시간 강사로서 수업을 진행하기도 했다.

오늘은 스케줄이 비어 있어서 가정교사 일을 하기로 했다.

……이거 한동안은 쉬지도 못하고 일하게 될 것 같군. 뭐, 그만큼 금전적으로는 꽤 넉넉해질 테지만.

성으로 갔더니 성문 앞에는 수많은 사람이 모여 있었다. 남녀노소. 도개교에서 성안까지 사람들이 길게 늘어서 있었다.

"무슨 일 있나?"

마침 아는 기사가 옆에 있어서 물어봤다.

"아. 카이젤 님. 안녕하세요. 그게 실은……. 공주님이 너무 심심하신 나머지, 자기를 즐겁게 해준 사람에게는 상을 주겠다고 말씀하셨거든요. 그래서 '내가 공주님을 즐겁게 해드릴 수 있다!' 하고 자신하는 사람들이 온 왕도에서 몰려왔습니다."

"그랬구나."

그래서 이렇게 희한하게 생긴 사람들이 많은 거군.

틀림없이 연예인이나 음유시인일 것이다.

……저건 서커스단인가?

피에로와 맹수 조련사도 있고, 쇠사슬에 묶인 사자의 모습도 눈에 띄었다.

——아니, 저거 괜찮은가? 사자를 데려오다니. 공주님 앞에서 사자가 날뛰기라도 하면 서커스단 전체의 목이 날아갈 텐데.

"뭐, 어쨌든 저렇게 많이 있으면 공주님도 즐거워하시겠군."

"아뇨. 공주님을 즐겁게 해준 사람은 아직 한 명도 없습니다. 저도 도전해봤는데 결국 실패했어요."

"아, 그래? 자네는 무엇을 했는데?"

"알몸으로 춤을 췄죠."

"윽……."

"공주님은 마치 쓰레기를 보는 듯한 눈빛으로 저를 바라봤어요. 그런데 여왕 폐하는 폭소를 터뜨리셨죠. 그 덕분에 저는 잘리지 않고 살아남았습니다."

"…………."

여왕 폐하는 그런 걸 좋아하는 타입이신가.

좀 의외군.

그런데 이 병사, 하마터면 목숨을 잃을 뻔한 거 아닌가? 용기는 감탄스럽다만.

"카이젤 님도 괜찮으시다면 한번 도전해보세요. 잘하면 큰 상을 받을지도 몰라요."

"응, 생각은 해볼게."

"아, 맞다. 알몸 댄스는 관두시는 게 좋을 겁니다."

그거야 말 안 해도 알아. 나는 아직 죽고 싶지 않거든.

나는 기사와 헤어져 성안으로 들어갔다.

프림에게 뭔가를 보여주기 위해 줄을 서 있는 사람들. 그 너머에서는 자기 차례가 끝난 사람들이 줄줄이 출구 쪽으로 걸어오고 있었다.

잘 안 됐나 보다.

모두 어깨를 축 늘어뜨리고 의기소침해진 상태였다.

"앗. 아빠다."

그중에는 사랑하는 딸도 있었다.

"메릴. 너도 왔었어?"

"공주님을 즐겁게 해주면 상을 잔뜩 받을 수 있다는 소문을 들었거든. 나느은~ 아빠랑 가족들 다음으로 돈을 좋아하니까—."

메릴은 엄지와 검지를 구부려 동전 모양을 만들었다.

타산적인 따님이시다.

"그래서 어땠어? 결과는."

"으음—. 실패했어. 공주님이 전혀 웃지를 않더라고—. 주택가 아이들은 언제나 배꼽을 쥐고 웃는데—."

메릴은 불만스럽게 입술을 삐죽 내밀었다.

"비장의 무기를 보여줬어야 했나—? 이를테면 시공간 마술로 공주님을 날려버린다거나, 이 성을 마법으로 폭파한다거나."

"그건 절대로 안 돼!"

그건 즐거운 쇼라고 부를 일들이 아니잖아.

그 정도면 사건 사고라고.

"아빠도 공주님한테 쇼를 보여주려고 온 거야?"

"난 공주님의 가정교사로 일해 달라는 부탁을 받고 왔어."

"에이, 뭐야―. 아빠. 요새 남의 집 여자애들한테만 신경 써주네? 기사단 여자애도 그렇고, 모험가 길드의 금발 여자애도 그렇고."

"자세히 아는구나."

"난 항상 아빠를 지켜보고 있으니까―."

나는 메릴의 머리를 쓰다듬어주고 다시 걸음을 뗐다.

국왕 접견실 문 앞에 섰다.

"으아아악! 큰일 났다! 누가 좀 와서 도와줘!"

묵직한 문 너머에서 소리가 들렸다.

나는 반사적으로 문을 벌컥 열었다.

국왕 접견실에는 아까 봤던 서커스단이 있었다. 맹수 조련사는 물론이고, 피에로도 두꺼운 화장으로도 숨겨지지 않을 만큼 당황하고 있었다.

왜냐하면―.

사자를 묶어둔 쇠사슬이 풀려서, 그놈이 자유로워졌기 때문이다.

검과 창을 들고 그 사자를 포위하는 기사들.

그러나 사나운 짐승 앞에서 그들은 완전히 위축되어 있었다.

여왕 폐하는 생글생글 웃으면서.

"이미니 . 킹장한 퍼포먼스네요."

223

눈앞의 상황을 정확히 이해하지 못한 것 같았다.

"큭큭큭. 이제야 겨우 좀 재미있어졌네."

프림은 악당 두목처럼 일그러진 미소를 짓고 있었다.

동요는 하지 않았다.

지금 이 상황을 콜로세움 같은 것이라고 해석한 걸까.

"카, 카이젤 님! 도와주세요!"

"저희만으로는 자신이 없어요!"

"공주님과 여왕 폐하를 지키기 위해서라도, 제발 부탁입니다!"

기사들은 나를 발견하자마자 필사적인 얼굴로 구원 요청을 했다. 그러자 서커스단도 똑같은 눈빛으로 나를 봤다.

——싸우러 온 게 아닌데…… 하는 수 없지.

나는 기사들 앞에 서서 사자와 대치했다.

사자는 크르릉…… 하고 나지막한 소리를 냈다.

그 눈동자는 적의로 형형하게 빛나고 있었다.

"크허엉!"

사자가 뒷발을 힘차게 움직여 기세 좋게 덤벼들었다.

내가 가볍게 몸을 돌려 피하자, 그 직전까지 있었던 공간이 발톱에 찢겨 나갔다. 뒤이어 사자가 다시 이쪽을 돌아봤을 때 나는 그놈을 쏘아봤다.

"——얌전히 있어."

"크릉……?!"

사자의 눈동자에 두려움의 빛이 스쳤다.

그 한순간에 실력 차이를 감지한 것이리라. 온몸을 꽉 채웠던 적의가 마치 구멍 뚫린 풍선처럼 확 줄어드는 것이 느껴졌다.

나는 위축된 사자에게 다가가서——.

"옳지. 착하다. 손."

"끼잉……."

내가 내민 오른손 위에 사자가 왼손을 올려놨다.

"오! 길들였어!"

"마치 유기견처럼 얌전해졌잖아?"

"좋아! 지금이 기회야, 빨리 목걸이에 사슬을 다시 달아!"

사자는 또다시 사슬에 매였다.

이로써 사건은 해결한 것 같았다.

"여왕 폐하! 공주님! 정말로 큰 죄를 지었습니다!"

서커스단 사람들이 일제히 바닥에 납작 엎드려 절했다. 당연하지. 하마터면 대참사가 벌어질 뻔했으니까.

"아니에요. 신경 쓰지 마세요~. 정말 재미있었어요~."

소니아는 생글생글 웃으며 그렇게 대답했다. 역시 여왕님은 굉장하셔. 마음이 넓으시다.

서커스단 사람들은 프림과 소니아에게 몇 번이나 진심으로 사죄하고 용서를 구하더니, 그다음에는 나에게 다가와 이렇게 말했다.

"당신 덕분에 살았어. 공주님이나 여왕 폐하께 혹시라도 무슨 일이 있었으면, 여기 있는 사람들은 일족 전체가 사형을 당했을 거야."

"무사해서 다행이네" 하고 나는 대답했다.

"흥. 카이젤. 이제야 왔느냐. 네가 안 오는 동안에 너무나 심심했다. 그래서 이런 이벤트를 개최한 것이다."

프림이 이야기했다.

"그러나 내 마음은 흔들리지 않았다. 다소 잔물결이 일기는 했어도, 늘 잔잔하게 가라앉아 있었어."

"나는 무척 즐거웠는데요?"

"어머님은 원래 잘 웃는 사람이니까."

"우후후. 그중에서도 특히 기사님의 알몸 댄스가 가장 좋았어요. 다음에 타국과 회담을 할 때도 그분에게 알몸 댄스를 춰 달라고 부탁해볼까요?"

그건 진짜로 관두는 편이 좋을 것이다. 전쟁이 날지도 모른다.

"카이젤. 나는 매우 심심하다. 즐겁게 해 다오."

"즐겁게 해 달라고요……?"

나는 잠시 생각해본 다음에 대답했다.

"저에게 아이디어가 하나 있습니다. 뭔가 대단한 이벤트는 아닙니다만, 틀림없이 공주님이 즐거워하실 수 있을 겁니다."

제34화

나는 프림을 데리고 성 바깥으로 나왔다.

근위병인 엘자도 동행했다.

우리가 간 곳은 모험가 길드였다.

"오. 이곳이 모험가 길드인가. 품위 없는 난폭한 놈들만 모여 있구나!"

""뭐라고?!""

지나치게 솔직한 그 발언에, 주위에 있는 모험가들이 험악하게 반응했다.

그러나 배짱 좋은 프림은 전혀 개의치 않는 표정이었다.

"죄송합니다! 죄송해요!"

그 대신 엘자가 꾸벅꾸벅 고개 숙여 사과하고 있었다.

……아마 평소에도 엘자는 프림이 치는 사고를 수습하느라 바쁠 것이다. 고개 숙이는 속도가 장난 아니었다.

"아버님. 모험가 길드로 프림 님을 데려오신 이유가 뭔가요……?"

"음. 잠시만."

나는 한가운데 있는 게시판을 보다가 적당한 임무를 골랐다.

"옳지, 이거다" 하고 의뢰서를 떼어내서 접수처로 들고 갔다.

"어? 카이젤 씨! 안녕하세요?"

"모니카. 이 임무를 맡고 싶어."

"이번에도 B랭크나 A랭크 임무인가요? ──어, 어라? E랭크,

도망친 반려견 찾기?"

"응. 잘 부탁해."

"일부러 낮은 랭크의 임무를 맡다니, 카이젤 씨도 괴짜인가 봐요. 아주 특이한 성벽(性癖)이 있을 것 같아."

"내가 왜 그런 소리를 들어야 하지? 그냥 임무를 맡았을 뿐인데."

나는 임무 수락 절차를 마치고, 프림과 엘자를 데리고 길드 밖으로 나왔다. 그리고 두 사람에게 말했다.

"자, 그럼──지금부터 반려견을 찾으러 가죠."

"이봐. 카이젤. 재미있는 일이라는 게 이거냐?"

"네. 공주님의 도움을 받고 싶습니다. ──이것이 그 개의 초상화입니다. 주택가에서 행방불명됐다고 해요."

나는 모니카한테서 받은 초상화를 프림에게 건네줬다.

"아무리 생각해봐도 반려견 찾기가 재미있을 것 같지는 않은데……."

"그냥 속은 셈 치고 한번 해보세요."

"흠. 네가 그렇게 말한다면, 일단 해볼까……."

그러더니 프림이 이어서 말했다.

"행방불명된 곳이 주택가라고 했지? 그러면 그쪽으로 가보자. 얼른 찾아서 끝내자고."

우리는 주택가로 이동했다.

골목길이 미로처럼 펼쳐져 있었다. 세로로 길쭉한 건물이 복잡하게 세워져 있기 때문이리라. 대낮인데도 어두운 곳이 많았다.

한동안 이리저리 돌아다녔지만——그 반려견이 행방불명된 것은 이틀 전. 지금 찾아봤자 쉽게 발견될 리 없었다.

"헉. 헉……."

프림은 벌써 숨이 찬 것 같았다.

"공주님. 좀 쉬시겠어요?"

엘자가 친절하게 물어봤다.

"으, 음. 어디 앉아서 물을 마시고 싶구나——아, 앗?! 이, 이봐! 저기 봐! 저것이 그 개 아니냐?!"

초췌해진 프림의 눈이 별안간 휘둥그레졌다.

프림의 손가락이 가리키는 곳——골목길 안쪽에는 중형 잡종견이 있었다. 프림은 흥분한 것처럼 자신이 들고 있는 초상화와 그 개를 자꾸만 비교하면서 쳐다봤다.

"네, 틀림없어요! 그 개입니다!"

엘자가 대답했다.

"프림 님. 저에게 맡겨주세요. 제가 잡아오겠——"이라고 말하면서 뛰어가려는 엘자. 그때 내가 엘자의 팔을 붙잡았다.

"아냐. 여기선 도와주면 안 돼. 공주님께 맡겨야 해."

"하, 하지만……. 프림 님은 위세와 체력이 전혀 비례하지 않는 분이십니다. 반려견을 붙잡기는 어려울 거예요."

"엘자. 넌 나를 그런 식으로 생각했던 것이냐?"

"죄, 죄송합니다! 제가 실언을 했습니다!"

"쳇. 양족인 내가 무시를 당하고도 가만있을 수는 없지. 내가 직접 멋지게 저 반려견을 잡아주마!"

프림은 그렇게 말하더니.

"거기 서라아아앗!"

반려견을 향해 뛰어갔다.

우당탕⋯⋯.

발소리가 너무 커서 반려견에게 들켰다.

"왈왈!"

반려견은 빙글 돌아서더니 골목길 안쪽으로 달아났다.

"놓칠까 보냐!"

프림은 계속해서 반려견을 추적——하려고 했지만, 곱게 자란 아가씨의 발과 늘 여기저기 뛰어다니는 개의 발은 비교가 안 될 정도였다.

순식간에 거리가 멀어지더니 프림은 이윽고 개를 완전히 놓쳐 버렸다.

"크윽⋯⋯! 끝내 도망치고 말았구나. 저 반려견 놈이⋯⋯. 나를 놀리는 것처럼 깡충깡충 경쾌하게 뛰어가 버렸어."

"공주님. 좌절하지 마세요."

"역시 제가 도와드리는 것이⋯⋯."

"그럴 필요 없다. 이렇게까지 바보 취급을 당했으니까. 나는 왕 가의 이름을 걸고, 오직 나 혼자만의 힘으로 저 개를 잡을 것이다!"

프림은 주먹을 불끈 쥐고——.

"이놈의 개. 내가 너의 목을 따주마!"

"공주님! 그건 안 돼요!"

주인에게 반려견의 목만 가져다줄 수는 없으니까. 꼭 생포해주시길 바랄 뿐이다.

그 후 또다시 반려견 수색 작업을 개시했다.

프림은 몇 번이나 반려견을 발견했고, 그때마다 그놈을 쫓아 이리저리 뛰었다. 그러나 반려견의 각력을 당해내지 못하고 번번이 개를 놓치고 말았다.

그러다 이윽고 해가 질 시간이 되었다. 골목길의 어둠이 더욱 짙어졌다.

"공주님. 슬슬 어두워지고 있어요. 오늘은 여기서 그만 포기하고 끝내시는 게 어떨까요? 여왕 폐하도 걱정하고 계실 겁니다."

"안 돼! 여기까지 와서 포기할 수는 없어!"

프림은 엘자의 제안을 거절했다.

"좀 전에 그놈은 이 골목길을 지나갔다. 이 앞에 있는 막다른 길로 그놈을 몰아넣을 수만 있다면……."

작전 내용을 나지막하게 중얼거리고 있었다.

여기저기 뛰어다닌 덕분에 주택가의 지형을 파악한 프림은 이제 개를 붙잡을 계획을 세우고 있는 듯했다. 자신의 부족한 달리기 능력을 지력으로 보완하려나 보다.

──바람직한 태도야.

그때 또다시 개의 모습이 발견됐다.

"좋아! 찾았어! 쫓아간다!"

프림은 반려견을 향해 뛰어갔다.

그 개는 빙글 돌아 도망쳤다. 통통 튀듯이 경쾌하게 달려갔다. 하지만 그것은 유도된 움직임이었다.

그놈이 달려간 골목길 끝은――막다른 길이었다.

아무리 각력이 좋아도, 약 5미터나 되는 벽을 뛰어넘을 수는 없었다.

갈 곳을 잃은 개는 그 자리에 멈춰 섰다.

"후후후. 걸려들었구나!"

프림은 슬금슬금 반려견에게 가까이 다가가더니――.

"――이얍!"

반려견의 몸을 향해 태클을 걸었다.

양 손으로 그 몸뚱이를 꽉 끌어안았다.

"공주님! 이 줄을 그 개의 목걸이에 연결해주세요!" 하고 내가 줄을 던지자, 프림은 악전고투하면서 그것을 개의 목걸이에 끼워 넣었다.

이걸로 개는 도망칠 수 없게 되었다.

"잡았다! 잡았어!"

프림은 반짝반짝 빛나는 표정으로 우리를 쳐다봤다.

"잘하셨어요! 공주님!"

"공주님! 해냈군요!"

나와 엘자는 크게 칭찬하면서 열렬하게 박수를 쳤다.

"후후후. 나는 이 나라의 공주다. 이 정도는 별것도 아니야. 체력은 부족했어도, 지력의 차이는 확연히 나지 않았더냐!"

프림은 작은 가슴을 활짝 펴고 와하하! 하면서 자랑스럽게 웃었다.

종일 좁은 골목길에서 개와 술래잡기를 했기 때문에 옷은 완전히 꼬질꼬질해졌지만——

그 모습이 마치 환하게 빛나듯 보였다.

"——아, 벌써 시간이 이렇게 됐군. 평소에는 낮이 참으로 길게 느껴지는데, 오늘은 눈 깜짝할 사이에 지나갔구나⋯⋯."

"그만큼 공주님이 열중하셨다는 뜻이지요."

나는 그렇게 말했다.

"어때요, 충분히 즐기셨나요?"

"글쎄⋯⋯. 음⋯⋯. 오늘은 정말 즐거웠다. 특히 스스로 뭔가를 달성했다는 충족감이 기분 좋게 느껴지는구나."

"재미는 남이 나한테 받기를 기다리는 것이 아니라, 자신의 손으로 얻으려고 해야지만 얻을 수 있으니까요."

"그렇군. 확실히 그건 그럴지도 몰라."

프림은 고개를 끄덕이더니.

"너희 둘 다 오늘은 나와 함께해줘서 고맙다. 덕분에 지금까지 경험하지 못했던 귀중한 시간을 보낼 수 있었어."

"네, 잘됐네요."

"어, 그러니까. 괜찮다면, 다음에 또⋯⋯ 나와 함께해주지 않겠나?"

"물론 그럴 겁니다."

"저도 곁에서 모실게요."

"음, 그래."

프림은 입가에 미소를 지었다.

"돌아가면 우선 어머님께 오늘 있었던 일을 이야기할 거다. 내가 어떻게 개를 붙잡았는지, 그 모험담을 말이야."

제35화

마법 학교 교실.

나는 시간 강사로서 수업을 진행하고 있었다.

교실은 변함없이 꽉 차 있었다. 학생들은 모두 열심히 수업을 듣는 중이었다. 이레네와 노먼 같은 교사들도 선 채로 수강하고 있었다.

그런데——.

메릴은 자기 자리에 없었다.

……이상하네. 분명히 같이 등교했는데. 농땡이를 치더라도, 그 녀석은 자기 자리에서 당당하게 할 것이다.

으음. 조금 걱정되네.

다음 쉬는 시간에 한번 살펴보러 가야겠다.

그런 생각을 하고 있었는데.

"다 됐다—♪ 완성!"

벌컥!

교실 문이 확 열리더니, 기분 좋아 보이는 메릴이 등장했다.

활짝 웃는 얼굴로.

"메릴. 수업도 안 듣고 어디 갔다 온 거야?"

"우후후—. 내내 연구실에 틀어박혀 있었어—. 실험, 실험, 또 실험. 어두운 터널 속에서 계속 헤매고 있었던 거야~."

그러고 보니 메릴은 특별 장학생으로서 전용 실험실을 받았다고 했다. 지금까지 그 연구실에 틀어박혀 있었나 보다.

"하지만 드디어 내 연구가 완성됐어! 짠—! 이게 바로 현자라고 불리는 나의 최고 걸작이야~ ♪"

메릴이 치켜든 것은——투명한 플라스크였다.

안에는 분홍색 액체가 들어 있었다.

저게 뭘까.

보고 있으니까 왠지 기분이 묘해졌다.

"이게 메릴이 개발한 최고 걸작이라고?"

"응. 이 약품이 있으면 나의 오랜 꿈이 이루어질 거야~ ♪ 우헤헤—. 생각만 해도 히죽히죽 웃음이 나와."

"흐음. 잘 모르겠는데, 뭔가 굉장한 것인가 보네."

메릴은 그동안 여러 번 획기적인 발명을 해왔다.

마도기도 그중 하나였다.

이번에도 사람들의 생활에 혁명을 일으킬 만한 물건일지 모른다.

"메릴. 그 발명품, 한번 사용해봐!"

"우리도 역사의 증인이 되고 싶어!"

같은 반 친구들은 현자라고 불리는 메릴의 발명품에 관심이 많은 것 같았다. 그들은 한꺼번에 열띤 목소리로 외쳤다.

"음, 그래—. 많은 사람 앞에서 보여주는 것도 괜찮겠네—. 그러면 오히려 나도 흥분할 것 같고 ♪"

메릴은 여기서 발명품을 선보일 생각인듯했다.

사실 지금은 수업 중이므로 나는 그것을 막아야 하겠지만……. 학생들도 신경 쓰이는 것 같으니까 너그럽게 봐주기로 했다.

"그래, 그 발명품은 어떻게 사용하는 거니?"

"이건 말이지─. 사용자의 혈액에 닿으면 발동되는 거야─."

메릴은 그렇게 대답하더니.

"우앙─. 이날이 오기까지 너무 오래 기다렸어─. 하지만 이것을 사용하면 나는 지금보다도 더 행복해질 수 있을 거야─."

어지간히 기분이 좋은지, 제자리에서 빙글빙글 돌기 시작했다.

탭댄스를 추기 시작했다.

완전히 방심해버렸기 때문일까. 그러다 탁! 하고 바닥의 턱에 걸려 비틀거렸고, 손에 들린 플라스크가 허공으로 날아갔다.

"앗……" 하고 메릴이 소리를 냈을 때는 이미 늦어버렸다.

플라스크가 바닥에 떨어져 쨍그랑! 깨졌다.

안에 있던 액체가 바닥에 퍼졌다.

그리고 그것은, 좀 전에 내가 마법진 실연을 위해 흘려놓았던 혈액에 닿더니 분홍색 빛을 발하기 시작했다.

"아앗────?!"

메릴이 비명을 질렀다.

"메, 메릴, 왜 그래?!"

"내 혈액으로 발동시키려고 했는데! 하필이면 아빠의 혈액에 반응해서 발동됐잖아?!"

"그리면 안 되는 거야?"

"안 된다기보다는——."

그 직후——.

분홍색 액체는 안개가 되어 교실 전체에 확 퍼졌다.

이 반 학생들은 안개에 휩싸였다. 이레네와 노먼도. 한동안 그들은 멍~하니 넋을 잃은 것 같더니.

뿅…….

그들의 눈동자 속에 하트가 떠올랐다.

"카이젤 선생님~."

"카이젤 씨."

"카이젤……!"

교실에 있는 모든 사람이 뜨거운 눈빛으로 나를 쳐다봤다.

저절로 소름이 끼쳤다.

감당하지 못할 정도로 거대한 호의가 느껴졌다.

"메릴, 대체 뭘 만든 거야……?!"

"아~, 아까 그 안개에 휩싸여서 아빠를 사랑하게 된 거야. 내가 개발한 것은 살포 타입의 강력한 미약(媚藥)이거든."

"미약?!"

"어휴. 이걸로 아빠를 나한테 홀딱 반하게 하려고 했는데 틀렸네. 지금보다 더 친한 사이가 될 수 있을 줄 알았는데."

"…………."

"카이젤 씨……!"

갑자기 누가 나를 바닥에 쓰러뜨렸다.

내 위에 올라탄 사람은――이레네였다.

"저는…… 당신 생각밖에 못 하겠어요……. 카이젤 씨…… 저와 당신의 아이, 몇 명 정도 원하세요……?"

"네엣?!"

안 되겠다.

평소에는 이지적인 이레네가 지금은 완전히 이성을 잃어버렸다. 제복 상의도 흐트러져서 속옷이 보였다. 검은색이었다.

의외로 어른스럽네――가 중요한 게 아니고!

"이레네 선생님! 정신 차리세요!"

"카이젤!"

"노, 노먼 선생님?!"

"나와 너는 진정한 친구! 정신적으로 이어진 사이다! 그러나 지금보다 더 친해지기 위해서, 육체적으로도 이어질 생각은 없나?!"

"무슨 소리를 하는 거야?!"

"카이젤. 네가 공! 내가 수여도 상관없어!"

"진짜 무슨 소리를 하는 건데?!"

"카이젤 선생님!" "카이젤 선생님!"

학생들도 눈사태처럼 나를 향해 밀려왔다.

이놈도 저놈도 죄다 제정신이 아니었다.

게다가 평소보다 힘이 강해진 것 같았다.

그 순간, 나는 화들짝 놀라 메릴을 쳐다봤다.

만약에 메릴이 미약 아개에 노출됐다면――나에 대한 호의가 폭주해서, 무시무시한 사태를 일으키지 않을까?

그야말로 학교 전체를 파괴해버릴 만한 사태를.

하지만——.

메릴은 여느 때와 다름없이 생글생글 즐겁게 웃고 있었다.

"메릴! 넌 괜찮아?"

"난 평소에도 아빠를 아주. 엄청나게. 사랑하니까♪ 미약 따위
로 달라질 것은 하나도 없어~."

메릴은 방긋 웃으며 말했다.

……뭐? 이 광기 같은 호의를 평소에도 가슴속에 품고 있다고?
그런데도 이성을 잃지 않고 평범하게 살아가다니.

나는 등골이 좀 서늘해지는 것을 느꼈다.

제36화

모험가 길드에 들어갔다.

그 건물 한가운데, 임무 의뢰서가 붙어 있는 거대한 게시판으로 향했다.

비교적 쉬운 의뢰서들 속에, 이따금 어려운 난이도의 의뢰서가 섞여 있었다.

내 눈은 저절로 어느 마물의 토벌 의뢰를 찾고 있었다.

——에인션트 드래곤.

그것은 사랑하는 우리 딸들의 고향을 불태워버린 원흉이자, 지금까지 내 모험가 인생에서 유일하게 해치우지 못했던 마물이었다.

——역시 의뢰서는 없는 것 같았다. 목격담도 없었다.

하긴, 그게 당연한가.

에인션트 드래곤은 재해로 지정된 S랭크 마물.

목격담이 있으면, 자연스럽게 왕도 전체에 그 소문이 퍼질 것이다.

당연히 내 귀에도 들어올 테고.

그래도 나는 매일같이 모험가 길드에 가서 게시판을 확인했다. 그건 분명히 내 마음속에 비정상적인 집념이 존재하기 때문일 것이다.

그놈은 반드시 해치워야 한다.

제2, 제3의 우리 딸들 같은 아이들이 생겨나지 않도록.

"어머나? 아빠. 오늘도 왔어? 뭐야? 혹시 내가 일하는 게 걱정돼서 살펴보러 온 거야?"

안나가 말을 걸었다.

"하하. 넌 지금도 잘하고 있잖아. 난 걱정 안 해."

"후후. 고마워. 아, 그러고 보니 모니카한테서 들었는데. 아빠는 매일 이 게시판을 보러 온다면서? 뭔가 특별히 찾는 임무라도 있는 거야?"

"어, 뭐. 그렇지."

"나에게 말해줘. 의뢰가 들어오면 아빠에게 가르쳐줄게."

"그래? 그럼 부탁 좀 할게. 에인션트 드래곤에 관한 목격담이 있으면 나에게 가르쳐줘."

"흐음. 에인션트 드래곤이라고……?"

"응. 왜?"

"아니, 그게. 이런 우연이 다 있나? 싶어서. 어쩌면 에인션트 드래곤과 금방 대면할 수 있을지도 몰라."

"뭐?!" 하고 나는 소리를 냈다.

"실은 두에고 화산에 거대한 마물이 존재한다는 목격담이 있거든. 그게 에인션트 드래곤인지 아닌지는 아직 모르지만, 가능성은 커. 화산에 서식하는 거대한 마물이란 건 그리 흔하지 않으니까. 조만간 그 목격담을 확인하기 위한 조사단이 파견될 거야."

설마 이렇게 빨리 단서를 얻게 될 줄이야.

우연일까, 아니면 필연일까.

어쩌면 서로에게 끌리는 운명일지도 모른다.

"두에고 화산이라고 했지? 좋아, 당장 가봐야겠다."

"아빠. 잠깐만."

안나가 나를 제지했다.

"화산에 갈 거야? 그럼 몇 가지 조건을 걸게."

"조건?"

"응. 혼자 가지 말고 파티를 짜서 갈 것. 그것도 모험가로서 랭크가 B 이상인 사람, 두 명 이상. 만약에 정말로 에인션트 드래곤이 있다면, 아무리 그래도 아빠 혼자 보낼 수는 없으니까."

"B랭크 이상이라고……? 가뜩이나 모험가 길드는 인력이 부족한데, 보수도 없는 안건에 협조해줄 사람이 있을까?"

좀처럼 찾기 어려울 것 같은데.

"그리고 또 하나의 조건은——나도 데리고 갈 것."

"널?"

"응. 나도 아빠를 따라갈 거야. ——아, 길드는 걱정할 필요 없어. 지금은 휴가도 낼 수 있는 시기야."

"아니, 굳이 왜? 위험할 텐데."

"그러니까 따라가려는 거야. 나도 아빠를 돕고 싶어. 게다가……."

"게다가, 뭐?"

"아냐. 또 다른 이유는 비밀이야. ——어쨌든 나를 데려가지 않으면, 아빠를 화산에 보내주지 않을 거야."

"네가 그렇게까지 말한다면…… 뭐, 어쩔 수 없지."

나는 마지못해 안나의 동행을 허락했다.

만약에 정말로 에인션트 드래곤과 대치하게 된다면——동행한 안나에게도 불똥이 튈지 모른다.

그 사실을 알면서도 안나는 가고 싶다고 말했다.

안나도 이미 어엿한 사회인이다.

그 의사 결정을 방해할 권한은, 아버지인 나에게도 없을 것이다. 내가 할 수 있는 일은 하나뿐이다. 그저 사랑하는 딸을 전력으로 끝까지 지켜내는 것.

"고마워. 아빠."

안나가 윙크하며 대답했다.

귀여운 제스처였다.

"좋아, 그럼 안나는 데리고 간다 치고—— B랭크 이상인 모험가를 구하는 게 문제구나."

"뭔가 방법이 있을 것 같아?"

"으음, 글쎄. 일단 기사단이나 마법 학교 사람들에게 물어봐야지. 어쩌면 누가 도와줄지도 몰라."

"그렇다면 제가 동행하겠습니다."

기사단 연병장.

내가 사정을 이야기하자, 엘자가 자진해서 그런 말을 해줬다.

"괜찮아? 이건 보수도 안 나와."

"아버님과 함께 싸운다는 것이 저에게는 가장 큰 보수입니다. 게다가 안나가 동행한다면 저도 당연히 동행해야지요."

"왜?"

"그, 그건 그러니까, 외박하면서 조사한다고 들었으니까…… 안나 혼자서 아버님과 단둘이 오붓하게 지낸다는 것은, 좀 치사하다는 생각이……."

엘자는 양손 손가락을 콕콕 붙였다 뗐다 하면서 조그맣게 무슨 말을 중얼거렸다. 그런데 모깃소리처럼 작아서 들리진 않았다.

"??"

"아, 아무튼! 저도 동행할 겁니다!"

엘자가 나와 동행해주기로 했다. S랭크 모험가로서 검성이라고 불리는 엘자가 함께 간다면 참으로 마음 든든할 것이다.

"아빠! 나도 여행 갈래~♪"

마법 학교.

내가 메릴에게 말을 걸려고 교실로 들어간 순간, 메릴이 먼저 그런 이야기를 꺼냈다.

"아니, 잠깐. 난 아직 아무런 말도 안 했는데?"

"난 항상 아빠를 지켜보고 있거든. 엘자와 안나가 간다면, 당연히 아빠를 사랑하는 나도 가야지~. 게다가 모두가 떠나버리고 나만 남으면 곤란하거든. 나 혼자서는 요리도 빨래도 못 하니까. 틀림없이 굶어 죽을 거야!"

"아주 당당하게 한심한 이야기를 하는구나……. 그리고 이건 여행이 아니야. 강한 마물이 있나 없나 조사해보러 가는 거라고."

"응, 알아―♪"

메릴은 즐겁게 손을 번쩍 들었다.

……정말로 아는 걸까? 뭐, 어쨌든 현자라고 불리는 마법사인 메릴이 같이 가준다니 고마울 따름이었다.

이리하여 안나가 제시한 조건은 충족됐다.

S랭크 모험가인 엘자와 모험가는 아니지만 A~S랭크 정도의 실력자인 메릴이 있으면 문제없을 것이다.

결국 파티 전원이 가족이 되어버렸지만.

전력 자체는 아마 이 왕도에서도 최강일 것이다. 이 멤버가 있으면, 어떤 마물이 나타나도 싸울 수 있을 것이다.

제37화

엘자와 메릴을 데리고 모험가 길드로 향했다.

안나에게 이 두 사람이 같이 가주기로 했다는 사실을 보고하자, 안나는 어처구니없다는 듯이 우리 집 첫째와 셋째를 쳐다봤다.

"아니…… 잘나가는 기사단장과 마법 학교 수석께서 돈 한 푼 안 나오는 조사에 따라가겠다고? 용케도 그런 생각을 했네."

"아버님의 요청이니까요. 당연히 참가해야죠."

"맞아―. 그리고 엘자와 안나만 아빠와 같이 있는 꼴이라니, 난 용납할 수 없어. 나도 끼워줘, 응?!"

"어휴……. 뭐, 둘의 실력이 흠잡을 데 없다는 것은 내가 누구보다도 잘 아니까, 굳이 반대하지는 않을게. 왕도에서 짤 수 있는 최강의 파티나 마찬가지고. 아빠한테 엘자, 메릴까지 가세한다면 범에게 날개를 달아주는 격이지. 다만…….."

"다만?"

"그 두 전력이 왕도를 비우는 꼴이 되는데, 괜찮을까? 우리가 자리를 비운 동안 왕도의 전력이 그만큼 낮아질 텐데."

"아니, 괜찮지 않을까? 어차피 2~3일만 자리를 비우는 거니까. 게다가 기사단과 마법 학교 학생들과 모험가들이 있으면 어떻게든 굴러갈 거야."

"으음. 하긴, 그건 그런가. 최악의 경우, 우리가 돌아올 때까지 버텨주기만 해도 어떻게든 해결할 수 있을 테니까."

우리는 왕도의 큰길로 향했다.

마차가 세워져 있었다.

사람을 운반해주는 마차를 찾아서, 마부에게 말을 걸었다.

"어디까지 가는데?"

"두에고 화산까지 데려다줘."

행선지를 밝히자, 마부의 표정이 어두워졌다.

"두에고 화산……? 지금 그쪽 동네에서는 마물이 활발하게 움직이고 있는데. 호위병도 없이 마차를 출발시키는 것은 위험해."

"괜찮습니다. 저와 아버님은 모험가입니다. 나름대로 실력은 있어요."

그러자 마부는 우리를 자세히 봤다. 그러더니 이어서 깜짝 놀란 것처럼 눈을 크게 떴다.

"서, 설마 엘자 기사단장?! 더구나 길드 마스터 안나와 현자 메릴까지?!"

딸들은 전부 다 왕도에서 유명한 사람들이었다.

왕도에 드나드는 마부라면 그 소문은 들어본 적이 있을 것이다.

"아이고, 그래. 당신들이라면 호위병 따윈 필요 없지. 설령 드래곤의 습격을 당해도 어떻게든 될 것 같은데?"

마부의 태도가 완전히 달라졌다.

그는 실실 웃는 얼굴로 양손을 비비면서 가까이 다가왔다.

"게다가 기사단장과 길드 마스터와 현자를 태웠다고 하면, 이 마차의 가치가 높아져서 장사가 잘될지도 몰라. 이건 돈 벌 기회구먼."

"그래서 결론은 뭔데? 우리를 태워줄 건가?"

"당연하지. 당신들 실력이라면 불만은 없어. 거기까지 데려다 줄게. 단, 요금은 좀 비쌀 거야."

"뭐야—? 바가지네—."

메릴이 불만스럽게 입술을 삐죽 내밀었다.

"아무리 당신들 실력이 좋아도, 위험한 여행인 건 변하지 않는다고. 나도 그만한 대가는 얻어야지."

"그럼 아저씨는 안 와도 돼. 말과 마차만 빌려줘♪ 우리가 알아서 운전해서 갈 테니까."

"이봐, 지금 말을 만만하게 보는 거야? 말은 그리 쉽게 조종할 수 있는 게 아니야. 어느 정도 기술이 필요해."

"딱히 문제없지 않아? 엘자는 기사단에서 승마술을 연습했을 거고, 아빠도 말을 조종하는 것쯤은 할 수 있잖아?"

"그 정도는 뭐."

"아냐. 못 해. 절대로 못 해."

남자 마부는 완고하게 '못 한다'는 것을 강조했다.

"나의 애마인 캐서린은 난폭한 성격이라서, 나 말고 다른 인간이 능숙하게 탄다는 것은 절대로 불가능해. 억지로 타려고 하면 즉시 날뛰거든. 그 뒷발에 차이기라도 하면, 내장이 터져 죽을 수도 있어."

"아니, 그런 말을 마차의 말로 기용하다니. 그러면 안 되잖아?"

안나가 논리적인 비판을 했다.

"캐서린은 인간을 품평해서, 적합한 인간이 아니면 조종을 허락해주지 않아. 나 말고 다른 사람이 접근하면 금방 날뛰기 시작할 거야."

"그런가요? 저를 좋아하는 것처럼 보이는데요."

그쪽을 돌아봤다. 엘자가 마차의 말——캐서린의 갈기를 쓰다듬고 있었다. 캐서린은 기분 좋은 것처럼 눈을 가늘게 뜨고 있었다.

날뛰기는커녕 완전히 길든 모습이었다.

"이, 이럴 수가앗————?!"

남자 마부는 경악하여 소리를 질렀다.

"캐서린이 내가 아닌 딴 사람에게 길들다니……?! 기사단장의 인간으로서의 넓은 도량에 감탄하여 복종한 건가……?"

"저, 괜찮으시다면 아버님도 한번 쓰다듬어주시겠어요?"

"그래. 말을 접하는 것은 오랜만이구나."

나는 캐서린에게 다가갔다. 눈이 마주쳤다.

그 순간——.

"——!"

캐서린은 겁먹은 것처럼 부르르 떨더니 그 자리에 주저앉았다. 그리고 조심스럽게 나에게 머리를 내밀었다.

"무, 무릎을 꿇었어엇——?!"

"뭐야. 온순하고 귀여운 말이네."

나는 캐서린의 갈기를 부드럽게 쓰다듬어줬다.

"거봐. 엘자와 아빠라면 문제없는 거, 맞지? 우리는 알아서 갈 테니까. 아저씨는 왕도에서 기다려줘. 알았지?"

"그건 안 돼! 이 녀석은 내 말이야!"

"이 아저씨는 왜 이렇게 필사적으로 구는 거야?"

"한마디로 돈을 달라는 거지."

"오—. 나 같은 속물이구나—?"

"이 말의 소유자는 이분이니까 같이 가는 게 좋을 거야. 혹시나 말에게 무슨 일이 생겼을 때는, 우리가 책임질 수 없기도 하고."

그러면서 나는 말을 이었다.

"자, 이 정도면 두고 화산까지 가줄 수 있겠나?"

남자 마부에게 마대를 건네줬다.

그 자루의 내용물을 본 순간, 남자 마부의 눈빛이 확 달라졌다.

"시, 시세의 열 배……?! 이런 거금을 주셔도 됩니까?!"

"틀림없이 위험한 여행이 될 테니까. 조그만 성의 표시야."

"나리이이! 평생 나리를 따르겠습니다!"

나리라니…….

이 마부는 상당히 타산적인 인간인가 보다.

아무튼 이로써 출발할 수 있게 되었다.

제38화

마차는 왕도를 출발했다.

두에고 화산을 향해서 도로 위를 달려갔다.

남자 마부가 마부석에 앉아 말고삐를 쥐었고, 우리는 짐칸에 타고 있었다.

옆에 앉아 있는 메릴이 내 어깨에 기대었다.

"우후후~. 아빠 옆자리는 내 거야♪"

"윽……. 아버님 옆자리에 앉을 사람을 정하는 가위바위보…… 거기서 가위를 냈으면, 지금쯤 제가 아버님 옆에 있었을 텐데……."

엘자는 자기 손을 들여다보면서 속상해하고 있었다.

"엘자는 바위밖에 모르는 사람처럼 꼭 바위만 내잖아~. 내가 보를 내면, 절대로 질 일은 없다니까."

"저는 기사입니다. 그래서 정정당당하게 자신의 주먹만 가지고 싸우는 겁니다. 가위나 보 같은 연약한 수법으로 이길 수는 없어요."

가위나 보는 연약한 수법인가?

"애초에 가위바위보의 유래를 따져보면 바위는 돌덩이고, 가위는 가위고, 보는 보자기잖아? 바위는 주먹이 아니거든?"

"네? 그게 정말인가요?"

"기사의 긍지를 중시한다면, 비교적 칼과 비슷한 가위로 싸우는 게 옳지 않아? 그러면 아까 그 대결에서도 이겼을 텐데."

"으……. 저의 불찰입니다."

"역시 안나는 아는 것이 많구나."

"이 정도는 상식이지. 상식."

"저는 교양이 부족한 모습을 보여주고 말았네요. 부끄러워 요……! 아버님이 저를 '검술밖에 모르는 무식한 여자'라고 생각 하시면 어쩌죠……?!"

"그렇게 생각하진 않아."

사랑하는 딸이니까.

그저 건강하게 살아주기만 하면 된다.

"나리 일행은 참 태평하시네요. 언제 마물이 튀어나올지 모르 는 이 상황에서. 아니, 애초에 왜 이런 시기에 화산으로 가는 겁 니까?"

"조사하러 가는 거야. 화산에서 거대한 마물을 목격했다는 정 보가 있거든. 에인션트 드래곤인지 아닌지 확인하러 가는 거야."

혹시 그게 그놈이 아니라 다른 마물이더라도, 그냥 내버려 두 면 피해가 생길 우려가 있으므로 토벌하고 싶었다.

"에인션트 드래곤이란 건 그놈이죠? 십수 년 전에 산기슭의 마 을 하나를 통째로 불태워버렸다는 놈……. 마을은 불바다가 되어 서 마치 지옥 같았다고 하던데요. 그 당시에 저도 소문으로 전해 들었습니다. 그 참상은."

남자 마부는 그렇게 말하더니——.

"그때는 A랭크 모험가가 토벌하러 갔다가 실패했다고 했죠. 왕도에서는 무적이라고 소문날 정도로 대단한 남자였는데, 그 실패를 계기로 몰락했대요. 결국 그놈은 왕도에서 쫓겨났다나 뭐라나. 어~ 그게. 이름이 뭐랬지?"

뜨끔했다. 그의 입에서 내 이름이 나올까 봐 걱정했다. 그러나 그의 기억 속에서는 아무것도 튀어나오지 않은 듯했다.

"아이고. 나이를 먹었나 봐요. 기억력이 나빠져서 큰일이에요."

그러면서 남자 마부는 씁쓸하게 웃었다.

"그런데 그 무서운 마물을 일부러 찾으러 가다니, 나리 일행도 특이한 분들이시네요. 토벌 임무가 아니면 보상금도 없잖아요? 나리, 혹시 그놈과 무슨 인연이라도 있는 겁니까?"

"──!"

아픈 곳을 찌르는구나.

나와 에인션트 드래곤 사이에는 질긴 인연이 있었다.

……아니, 나뿐만이 아니다.

우리 딸들의 고향이 불타버린 것도, 친부모와 헤어지게 된 것도, 전부 다 그놈을 해치우지 못해서 생긴 일이었다.

남자 마부의 말을 듣고 나는 적당히 얼버무리려고 했다. 그러나 동요하는 바람에 묘한 침묵이 발생했다. 이제 와서 입을 열어 봤자 부자연스러울 것이다.

그렇다고 가만히 있으면 그것도 의심을 살 것이다.

그런 생각을 하고 있는데, 안나가 나 대신 이야기를 했다.

"인연이 있고 없고의 문제가 아니라, 그놈을 그냥 내버려 두면 피해가 생길 수도 있으니까. 그 정도면 이유로는 충분하잖아. 안 그래?"

"안나의 말이 맞습니다. 아버님은 뭐든지 넓은 시야로 보시는 분입니다. 그러니까 왕도 사람들을 위해서 검을 쥐고 일어나신 겁니다. 저도 마찬가지고요."

"난 그냥 아빠가 가니까 따라온 것뿐이야~."

"아~ 네. 과연 기사단장과 길드 마스터의 부친은 뭔가 다르군요. 훌륭한 사고방식입니다. 나 같은 놈은 도저히 흉내도 못 내겠어요."

남자 마부는 방금 그 대답을 듣고 납득해준 것 같았다.

……딸들이 나를 도와줬구나.

물론 이 아이들의 말도 틀린 것은 아니었다.

에인션트 드래곤을 그냥 내버려 두면 또다시 그때와 같은 피해가 발생할 것이다. 그 전에 그놈을 해치워야 한다.

마차는 한동안 도로를 따라 달리다가 깊은 숲속으로 들어갔다.

최소한 수백 살은 되어 보이는 거목이 울창하게 우뚝 서 있었다. 겹쳐진 나뭇잎들이 하늘을 온통 가려서 대낮인데도 밤처럼 어두웠다.

공기도 맑고 서늘했다.

좌우에 거대한 나무들이 늘어서 있는 어두운 길. 그곳을 똑바로 지나갔다.

"조심하세요. 이 숲에는 마물들이 많이 서식하고 있으니까요.

운이 좋으면 마주치지 않고 지나갈 수 있지만요."

마부석에 앉아 있는 남자 마부가 고삐를 당기면서 말했다.

"그렇다면 오늘 우리는 운이 나쁜가 보군."

"——네?"

"마차 주변을 마물들이 멀리서 포위하고 있어. 들리지 않나? 흙을 밟는 발소리가 여기저기서 나고 있잖아."

"뭐라고요옷?!"

남자 마부가 비명을 질렀다. 그리고 약 10초 후.

전방의 수풀에서 검은 그림자가 튀어나왔다.

사나운 늑대 마물——블러드 울프.

날카로운 발톱과 이빨, 근육질 다리.

주위의 수풀과 나무들 사이에서 차례차례 붉은 눈동자가 나타났다.

약 열 마리는 있는 것 같았다.

무리를 꾸려 사냥감을 노리고 다니는 놈들이다. 꽤 골치 아픈 적이었다.

우리는 짐칸의 좌석에서 일어나 땅바닥으로 내려갔다.

안나는 비전투원이므로 뒤에서 대기했다.

나는 남자 마부에게도 말을 걸었다.

"당신은 마부석에 가만히 있어. 한 발짝도 움직이지 마. 여기서 가만히 있으면, 자네의 안전은 보장할 수 있어."

"이, 네……. 그런데 괜찮아요? 셋이서 저렇게 많은 놈들을……."

"한쪽이 너무 불리하긴 하지."

"뭐?! 자, 잠깐만요. 당신들이 죽으면 나도 끝장나는데요?!"

"음? 아, 뭔가 착각한 것 같군. 불리한 것은 우리가 아니야. 저 블러드 울프지."

나는 그렇게 말하고, 허리에 찬 검을 뽑아 들었다.

"솔직히 말해서, 나 혼자서도 충분하다고. 그런데 세 명이서 덤 빈다면, 상대에게 좀 미안하잖아."

몇 분 후——.

우리 눈앞에는 블러드 울프의 시체가 굴러다니고 있었다.

열 마리나 되는 무리를 한 놈도 빠짐없이 쓰러뜨렸다.

당연히 우리는 멀쩡했다.

"흠. 대충 이렇게 끝났나? 그나저나 너희 둘 다 움직임이 좋았 어. 평소보다 더 컨디션이 좋은 거 아냐?"

"후후. 아버님과 오랜만에 함께 싸우게 돼서 의욕이 넘쳤어요."

"에이. 좀 더 아빠한테 보여주고 싶은 마법이 많았는데—. 얘 들은 너무 깡이 없다—. 이 정도는 준비운동이라고 할 수도 없잖 아—?"

"괴, 굉장해……."

우리의 전투를 본 남자 마부는 아연한 표정을 짓고 있었다.

제39화

숲에서 벗어났을 때는 벌써 날이 저물어가고 있었다.

우리는 근처에 있는 호숫가에서 야영하기로 했다.

이 주변은 비교적 평화롭고 마물의 수도 적었다. 설령 마물이 나타나더라도, 시야가 확 트여 있어서 대처하기도 쉬웠다.

마차를 호숫가에 세우고 짐칸에 쌓여 있던 식량을 꺼냈다.

내가 마부에게 식량값을 주려고 하자, 마부는 고개를 저었다.

"어휴, 아닙니다. 이미 돈은 충분히 받았는걸요. 더 이상 나리에게 지갑을 여시라고 할 수는 없습니다."

나는 그렇군요 하고 납득했다.

우리는 호숫가에 불을 피우고, 그 모닥불 주위에 둥글게 앉았다. 그리고 딱딱한 빵과 육포 같은 비상식량을 먹었다.

"으읔―. 이거 맛없다―."

메릴이 육포를 씹자마자 실망한 것처럼 혀를 쏙 내밀고 말했다.

"고기가 질기고, 또 그냥 소금에 절인 거라서 맛도 없고…….
미식가인 나의 혀에는 좀 안 맞아."

"메릴, 그럼 못써요. 식량을 나눠주신 분께 실례되는 발언이잖아요."

"아니, 하지만―."

메릴이 틀린 말을 한 것은 아니었다.

빈말로도 이 육포는 맛있다고 할 수는 없었다.

그게 당연한 이야기지만.

육포라고는 해도 그냥 말린 고기일 뿐, 단순히 소금에 절이기만 한 거라서 맛있는 것과는 거리가 멀다.

여기다 후추라도 뿌리면 훨씬 더 맛이 좋아질 테지만, 후추는 비싸서 서민이 구입하기는 어렵다.

"아유, 그야 물론 저도 좀 더 맛있는 음식을 먹고 싶죠. 하지만 원래 비상식량이란 것은 대부분 맛이 없어요."

"아빠가 만들어주는 음식에 익숙해지면 이런 것은 먹지도 못해―. 어휴―. 아빠가 음식을 너무 맛있게 만드는 게 문제야―."

"그게 내 탓이라니……."

"메릴. 사치스러운 투정 부리지 말아요. 음식을 먹을 수 있다는 것 자체에 감사해야지요. 배 속에 억지로 집어넣으세요."

"무인(武人)다운 사고방식이네."

안나가 엘자의 말에 맞장구를 치더니.

"뭐, 맛이 없는 건 사실이지만."

그렇게 한 마디 덧붙였다.

안나도 맛에 불만이 있는 듯했다.

실제로 딱딱한 빵을 먹는 손이 멈춘 상태였다.

"흠, 그래……."

식사는 중요하다.

내일 딸들의 사기에도 영향을 미칠 것이다.

"좋아. 우리가 스스로 식량을 조달해볼까? 바로 옆에 호수와

숲이 있으니까. 물고기나 나무 열매를 모으면 도움이 될 거야."

당장 움직이기로 했다.

나는 근처에서 자라고 있는 나무의 가지를 꺾었다.

그러고는 그 끝을 예리하게 깎아냈다.

"아빠. 뭐 해~?"

"작살이라도 만들려고. 호수에 들어가서 이걸로 물고기를 푹 찔러 잡는 거지."

"그렇구나─. 근데 그럴 거면 그냥 마법으로 잡는 게 더 빠르지 않을까? 내가 얼음 마법으로 호수를 얼리거나 번개 마법을 사용하면, 물고기를 왕창 잡을 수 있을 텐데!"

"그러면 호수에 있는 물고기들이 몽땅 죽잖아……. 먹을 만큼만 잡아야지. 생태계를 파괴하면 안 된다고."

"아빠는 참 착하다니까─."

"착한 게 아니라 이게 기본인 거야. 너희들은 이 주변을 돌아다니면서 먹을 만한 것을 찾아봐. 한 시간 후에 다시 모이자."

나는 웃옷을 벗고 상반신을 드러냈다.

호수 속으로 뛰어들었다.

눈을 뜨고 물속을 빙글 둘러봤다.

아마도 물고기가 있을 텐데…….

아. 찾았다.

내 시야 한구석을 지나가는 물고기. 그놈을 쫓아갔다. 그리고 오른손에 든 작살을 던졌다. 바늘 구멍에 실을 꿰듯이 물고기의 배를 정확히 찔렀다.

우선 한 마리 잡았고.

나는 짐칸에서 가져온 바구니에 물고기를 집어넣었다. 그리고 다시 잠수했다.

적당한 크기의 물고기를 발견하면 쫓아가서 작살로 찔렀다. 한 시간도 지나기 전에 바구니에서 넘칠 정도로 많은 물고기가 잡혔다.

——이 정도면 되겠지.

나는 수면 위로 얼굴을 내밀고 호숫가로 돌아갔다.

이미 딸들도 모닥불 옆에 돌아와 있었다.

"아. 아빠, 어서 와~♪ 물고기는 잡았어? ——어, 우와! 바구니에 물고기가 꽉 차 있네—!"

메릴이 내 허리를 끌어안았다.

"이 정도면 모두 배불리 먹을 수 있을 거야. 너희들은 어때? 먹을 만한 것은 찾았어?"

"네. 저희는 나무 열매와 버섯을 땄습니다."

"오. 이쪽도 양이 많은데?"

지푸라기를 엮어 만든 바구니에는 나무 열매와 버섯이 수북하게 들어 있었다. 이 짧은 시간 내에 용케 이만큼이나 모았구나.

"엘자와 안나가 대활약을 했어—."

메릴이 이야기했다.

"저는 어린 시절에 아버님과 함께 산속에 틀어박혀 훈련했던 경험이 있으니까요. 나무 열매나 버섯이 자라는 곳은 금방 찾아낼 수 있었어요."

"그것이 먹을 수 있는 것인지 판단하는 것은 내 역할이었어. 고향에 있었을 때 아빠가 가르쳐준 지식이 도움이 됐어."

참 믿음직한 딸들이다.

우리는 수확해 온 식자재를 모닥불로 조리하기 시작했다.

버섯과 나뭇가지에 꽂은 물고기를 구웠다. 나무 열매는 그냥 놔두고. 모든 재료가 신선해서, 비상식량과는 비교도 안 될 만큼 맛있었다.

딸들도 배불리 먹고 만족해준 것 같았다.

이 정도면 내일도 싸울 수 있을 것이다.

식사를 마친 다음에는 호수에서 물놀이를 했다.

딸들이 먼저 호수로 갔고, 나와 마부는 마차 옆에서 자리를 지켰다. 꺅꺅 신나게 떠드는 소리가 여기까지 들려왔다.

"아─. 엘자의 가슴, 또 커졌어─! 좋겠다─."

"이, 이런 것은 검사에게는 불필요합니다. 싸울 때 방해가 되니까요. 저는 메릴처럼 날렵한 몸이 더 부러워요."

"절벽 가슴이라는 거잖아─! 아, 열받아─!"

"저기, 메릴. 당신은 아직 어려서 잘 모를 수도 있지만. 여자의 매력은 가슴 크기로 결정되는 게 아니야."

"흥. 뭐야, 안나. 뭘 그렇게 다 아는 척해? 애인도 없는 주제에."

"뭐?! 아, 아니, 그건 이것과 상관없는 문제잖아?! 여자의 매력을 논하는데 애인이 무슨 상관이야?!"

"와—. 효과 만점이네, 만점이야—."

"야! 거기 서! 진짜로 혼내줄 거야!"

"안 설 거다, 메롱~."

첨벙첨벙 서로에게 물을 끼얹는 소리가 들려왔다.

다들 사이가 좋아서 다행이야.

"미소녀 세 명이 발가벗은 채 꺅꺅 소리를 내면서 즐기는 소리가 여기까지……. 나리는 엿보러 가거나 하지 않으십니까?"

"갈 리가 없잖아? 내 딸인걸."

나는 그렇게 말했다.

"아, 미리 말해두는데, 당신이 엿보러 간다든가 하는 수상한 짓을 하면, 나는 수단 방법을 가리지 않고 당신을 막을 거야. 알았지?"

"아, 알았어요. 나리. 눈빛이 너무 무서워요!"

제40화

밤이 깊어져 잠자리에 들 무렵.

남자 마부는 마부석에 누웠고, 나머지 사람들은 짐칸에 누웠다.

일단 마차 주변에 마물 퇴치 성수를 뿌려놓긴 했지만, 혹시 모르니까 모닥불 앞에서 파수를 보기로 했다.

2인 1조.

남자 마부는 운전으로 피곤한 데다가 전투력도 없으므로 제외하고, 나와 딸들이 교대로 일하는 체제가 되었다.

처음은 나와 엘자가 파수를 보기로 했다.

모닥불 앞에 앉았다.

발치에는 모래시계가 놓여 있었다. 위에 모여 있는 모래가 아래로 다 떨어지면, 다음 사람과 교대하기로 했다.

"아버님. 오늘은 오랜만에 함께 싸울 수 있어서 좋았습니다. 저도 아버님의 검술을 보면서 많은 것을 배웠습니다."

"하하. 엘자, 넌 이제 기사단장에다 S랭크 모험가잖아. 내 검술을 구경해봤자 배울 건 없을 텐데?"

"그렇지 않아요. 새삼스레 알게 되었습니다. 아직 저의 검술 실력으로는 아버님께 일격을 가하기조차 어렵다는 사실을요."

엘자는 모닥불을 바라보며 중얼거렸다.

"아버님의 검술을 봤을 때…… 아직도 저로선 상대가 안 된다는 것이 분하기도 했지만, 그보다 더 큰 기쁨을 느꼈습니다."

"기쁨을 느꼈다고?"

엘자는 고개를 끄덕였다.

"제 동경의 대상이었던 아버님이 지금도 여전히 저보다 훨씬 더 강한 모습을 유지해주고 계시잖아요. 그것이 너무나 자랑스러웠습니다."

"엘자……."

"저는 아버님을 뛰어넘고 싶다고 생각하면서도, 또 한편으로는 은근히 아버님이 저보다 강한 존재로 있기를 바라는 걸지도 몰라요."

엘자는 훌륭한 어른이 되었다.

기사단장이 되었고, 내가 이루지 못했던 목표인 S랭크 모험가가 되었다.

그런데도 아직 부모에게서 완전히 독립하지는 못했나 보다.

이렇게 말하는 나도 실은 딸에게서 완전히 독립하지 못했지만.

"그런 말을 들으니, 나도 단련을 게을리할 수 없겠구나. 엘자가 뛰어넘어야 할 벽으로서 계속 네 앞을 가로막아 주마."

내 말에 엘자는 미소를 지었다.

그것은 마치 길 잃은 어린아이가 마침내 부모를 발견한 것처럼, 안심하고 기뻐하는 표정이었다.

"그냥 파수만 보는 것도 심심한데, 이야기를 들려주지 않을래? 엘자, 네가 고향을 떠나 왕도에 오고 나서 겪었던 일들을."

"네. 부디 들어주세요."

엘자는 고향을 떠나 왕도에서 살게 된 다음부터도, 한 달에 한 번씩은 근황 보고라는 형태로 나에게 편지를 보내줬었다.

하지만 지면에 다 담기지 못한 이야기가 많이 있을 것이다.

사건도, 또 감정도.

최근에는 너무 바빠서 딸들 개개인과 진지하게 이야기해볼 기회가 없었다.

지금이라면 느긋하게 이야기를 할 수 있을 것이다.

엘자가 띄엄띄엄 풀어놓는 이야기들은 마치 지그소 퍼즐처럼, 우리가 헤어져 있었던 그 시기의 공백을 차근차근 채워줬다.

그래도 채워지지 않는 부분은 검술 대련으로 채워 넣었다.

엘자가 휘두르는 강력한 검. 그것은 엘자가 꾸준히 보내온 시간을, 검에 대한 열정을, 그 무엇보다도 웅변적으로 이야기해줬다.

나는 엘자와 한동안 대련을 하고 나서 발치의 모래시계를 힐끔 봤다. 윗부분에 있던 모래가 전부 밑으로 내려와 있었다.

"슬슬 교대할 시간이구나. 메릴을 깨워야겠어."

"알겠습니다. ……역시 아버님은 당해낼 수가 없네요."

그렇게 중얼거린 엘자의 표정에서는 속상함보다도 더 큰 기쁨이 느껴졌다.

"아버님은 교대하지 않으셔도 괜찮아요?"

"괜찮아. 메릴의 상태가 어떤지 보러 가줄래? 혹시 푹 잠들어 있다면 나 혼자 파수를 봐도 상관없으니까."

모험가였던 시절에는 혼자서 아침까지 불침번을 선 적도 많았다.

그것을 2인 1조로 딸들과 함께 실행하기로 한 것은, 모처럼 좋은 기회니까 딸들과 대화를 하고 싶다는 것이 주된 이유였다.

엘자가 마차 짐칸으로 돌아간 후.

메릴은 곧바로 내 곁으로 다가왔다.

"신기하네. 이미 쿨쿨 자고 있을 줄 알았는데."

"그야—. 이건 아빠와 단둘이 있을 기회잖아. 내일 스케줄에 지장을 주더라도, 지금은 잠이나 잘 때가 아니야."

"아니, 그럴 거면 제대로 잠을 자."

나도 모르게 쓴웃음을 지었다.

우선순위가 잘못되었잖니.

"있잖아— 아빠. 나 아빠랑 손잡고 싶은데—."

"응. 좋아."

나는 메릴이 내민 손을 잡았다.

메릴은 내 손가락 사이사이에 자신의 손가락을 집어넣었다.

"에헤헤—. 애인처럼 손잡았다♪"

메릴은 눈을 귀엽게 치뜨고 이쪽을 쳐다보면서 말했다. 생글생글 웃는 얼굴이었다.

"아빠 손. 크고, 엄청 딱딱해~."

"쭉 검을 쥐어왔으니까. 거칠어질 수밖에 없지."

"난 멋있다고 생각해."

"그렇게 말해주는 사람은 아마 메릴, 너밖에 없을 거야."

"와, 신난다. 그럼 내가 아빠를 독점할 수 있는 거네?"

그러더니 메릴은 내 어깨에 살며시 머리를 기대었다.

"우후후—. 아빠, 너무 좋아—♪ 아빠는?"

"응, 나도 메릴을 좋아해."

"정말?"

"당연하지."

"데헤헤. 기쁘다~."

메릴은 흐물흐물 녹아내린 표정을 지었다.

"나랑 아빠는 서로 좋아하는 거구나. 죽음이 두 사람을 갈라놓더라도, 윤회전생을 해서 몇 번이고 다시 만날 운명인 거야."

"그것까진 잘 모르겠다."

"틀림없이 그런 걸 거야. ——아, 하지만 걱정하지 않아도 돼. 내가 조만간 불로불사 연구를 완성해서 영원한 세계를 만들어낼 거니까!"

"…………"

아까 엘자는 아직 부모에게서 완전히 독립하지 못했다고 말했는데, 메릴은 그것과는 비교가 안 될 정도였다. 영원히 독립하지 못할 것 같았다.

제41화

모래시계의 모래가 전부 다 밑으로 떨어졌다.

불침번 교대 시간이다.

메릴은 계속 아빠와 함께 있고 싶다고 떼를 썼지만, 내일 전투에 영향을 줄 수도 있다는 식으로 메릴을 설득해서 짐칸으로 돌려보냈다.

그 대신 안나가 내 곁으로 다가왔다.

"저기, 메릴이 꽤 불만스러워 보이던데."

"그렇겠지."

"후후. 아빠도 고생이 많아."

"안나에 비하면 별것 아니야. 넌 평소에 모험가들을 상대하잖아? 고집이 센 녀석들을 상대하는 건 보통 일이 아니라고."

"뭐, 그건 그렇지. 다들 우리 아빠 같으면 참 좋을 텐데. 왕도에 오고 나서, 아빠가 모험가로서는 이단아였다는 사실을 알게 되었어."

"하하하. 자, 앉아. 그동안 못 했던 이야기도 있을 텐데."

"그러게. 나도 아빠와 이야기를 해보고 싶었어. 마침 잘됐네. 지금이라면 다른 애들은 못 들을 테니까."

"뭐야. 너 무슨 고민이라도 있어?"

"아니. 그건 아니야. 이미 내 마음속에서는 해결된 문제이고. 그냥 좀, 아빠한테 직접 물어봐서 확인하고 싶어서 그래."

"확인하고 싶다고?"

안나는 살짝 고개를 끄덕였다.

"있잖아, 아빠. 에인션트 드래곤 토벌에 집착하는 것은──우리의 고향을 지키지 못했다는 죄책감 때문이야?"

나는 말문이 막혀버렸다.

미지근한 바람이 불어와 모닥불이 천천히 무겁게 일렁거렸다. 붉은빛을 받은 안나의 옆얼굴 윤곽이 어둠 속에서 선명하게 부각됐다.

부자연스러운 침묵이 흐른 뒤. 나는 간신히 대꾸했다.

"……무슨 소리야?"

"아빠는 전직 A랭크 모험가로서 왕도에서 활약했어. 검을 쥐면 검성, 마법을 쓰면 현자라고 칭송받을 정도로 굉장한 실력자였잖아. S랭크 모험가로 승격되는 것은 시간문제라는 소리를 들었었지. 그런데──어떤 임무 이후로, 돌연 카이젤 클라이드는 모험가를 은퇴했어."

안나는 모닥불을 계속 응시하면서 잠시 숨을 골랐다.

"난 왕도에 와서 길드 직원이 된 다음부터 과거의 문헌을 이것 저것 조사해봤어. 처음에는 단순히 모험가 시절의 아빠가 어떤 사람이었는지 알고 싶어서. 그렇게 조사를 하다가 그 임무에 관한 기록을 발견했어. 화산에서 와이번을 토벌하는 임무. 토벌 자체는 성공했지만, 그때 잠자던 에인션트 드래곤을 깨우고 말았다. 그리고 그 드래곤은 산기슭이 마을을 통째로 불태워버렸다."

271

"…………."

"아빠는 그 후 기존의 파티를 해산하고 모험가 일을 그만뒀어. 임무를 수행하다가 재기 불능 수준의 상처를 입은 것도 아닌데. 분명히 중대한 사건이었을 텐데도, 기록 이외의 기억을 가진 사람은 없었어. 그래서 그 당시 길드에서 근무했던 접수원에게 부탁해서 그때 쓴 일기를 보여 달라고 했는데. 임무를 마치고 귀환한 아빠가 뜬금없이 갓난아이 셋을 데리고 돌아왔다는 거야. 결혼도 안 했는데. ……있잖아, 아빠."

이때 안나는 드디어 모닥불을 바라보던 눈을 이쪽으로 돌렸다.

"그 세 명의 갓난아이. 그거, 우리들이지?"

탁.

모닥불 속의 나뭇가지가 터지면서 메마른 소리가 났다.

짙은 어둠에 감싸인 이곳에서, 안나의 언어는 또렷한 윤곽을 지니고 있었다. 확신이 있는 거구나. 나는 그렇게 생각했다.

안나는 마침내 진실을 알아냈다.

내가 세 자매의 친아버지가 아니라는 진실을. 그리고 내가 에인션트 드래곤을 토벌하겠다는 강한 집념을 가지고 있는 진짜 이유를.

"……그래. 맞아."

더 이상 얼버무리려고 해봤자 소용없을 것이다.

체념한 나는 그렇게 중얼거렸다.

그것을 인정한 순간, 지금까지 가슴속에 맺혀 있던 응어리가

풀리는 느낌이 들었다.

그때 새삼스레 깨달았다.

나는 역시 죄책감을 쭉 느끼고 있었다.

"응, 역시 그랬구나. 아빠 입으로 직접 들어서 다행이야."

안나는 어느새 활짝 웃고 있었다.

"……엘자와 메릴도 이 사실을 알고 있어?"

"아니. 나밖에 몰라. 그 두 사람에게는 가르쳐주지 않았어. 어쩌면 충격을 받을지도 모르니까."

안나는 무릎을 끌어안은 채 조그맣게 중얼거렸다.

"그동안 아빠는 이 사실을 자기 마음속에만 담아놓고 있었던 거구나."

"……몇 번이나 고백하려고 했었어. 하지만 도저히 할 수가 없었어. 그대로 질질 끌다가 여기까지 와버렸어."

죄책감이 있었다.

내가 에인션트 드래곤을 해치우지 못했기 때문에, 우리 딸들의 친부모님을 죽게 했다는 죄책감.

어찌 보면 나는 이 소녀들 부모의 원수나 마찬가지다.

"처음부터 다른 집들과는 달리 우리 집에 어머니가 안 계신다는 사실은 알고 있었는데, 설마 아빠와 한 핏줄이 아닐 거라고는 상상도 못 했거든. 그걸 알았을 때는 깜짝 놀랐어. 차라리 어린 시절에 그 이야기를 들었으면 좀 더 나았을지도 모르지만."

안나는 그렇게 말하더니 부드러운 말투로 질문했다.

"아빠는 왜 비밀로 했던 거야?"

"그 이야기를 하면 너희들이 상처받을지도 모른다고 생각했으니까."

그렇게 말한 뒤, 힘없이 고개를 옆으로 흔들었다.

"⋯⋯그건 그냥 나에게 유리한 변명이지."

물론 그것도 이유 중 하나였다. 하지만 그게 전부는 아니었다. 오직 딸들만 생각해서 내렸던 결단은 아니었다.

"⋯⋯무서웠어. 진실을 고백하는 것이. 진실을 고백하면, 우리가 더 이상 가족이 되지 못할 것 같아서."

"아빠⋯⋯."

"우리가 피로 이어진 가족이 아니란 사실을 알게 되면, 이 관계를 더 유지하지 못할 거란 예감이 들었어. 혈연관계가 사라져버리면, 너희를 왕도로 보낸 다음에는 두 번 다시 만나지 못할 것 같았어. ⋯⋯안나. 넌 나를 원망하지?"

"⋯⋯글쎄."

안나는 그렇게 중얼거리더니 잠시 입을 다물었다.

"⋯⋯원래는 원망해야 하는 걸지도 몰라. 아빠는 우리들과 친부모님을 갈라놓은 장본인이니까. 하지만."

"하지만⋯⋯?"

"난 아빠를 원망하지는 않아."

안나가 말했다.

"아빠를 원망하기에는, 미워하기에는, 너무 많은 사랑을 받았거든. 둘도 없이 소중한 추억을 너무 많이 만들었거든. 그래서…… 원망하지도 못하고, 미워하지도 못해. 나는 아빠를 여전히, 지금도 쭉 좋아해."

"안나……."

"오늘 숲속에서 블러드 울프가 나타났을 때. 아빠랑 자매들이 싸우는 모습을, 나는 마차 짐칸에서 계속 지켜보고 있었어. 엘자의 칼놀림과 행동은 아빠와 똑같더라. 검을 칼집에 집어넣는 사소한 동작까지도. 또 메릴이 마법을 발동시킬 때도 그랬어. 아빠의 무의식적인 습관이 고스란히 드러났었어."

안나는 이야기했다.

"나는 그걸 보고 생각했어. 우리는 혈연관계로 따지면 가족이 아닐지도 몰라. 하지만 우리가 아빠한테서 물려받은 것은 아주 많아. 혈연이니, 유전성이니, 그런 것은 참으로 사소한 문제야. 그보다도 우리가 함께 보내왔던 시간이, 즐거웠던 추억이, 우리를 진정한 가족으로 만들어준다는 생각이 들었어. ……분명히 엘자와 메릴도 나와 똑같은 말을 할 거라고 생각해."

'게다가' 하고 안나는 말을 이었다.

"아빠가 있었기 때문에 우리는 지금 이렇게 살아 있을 수 있는 거잖아. 그것은 틀림없는 사실이야."

"……고마워, 안나."

어느새 내 눈앞이 뿌옇게 흐려져 있었다.

……바보인가, 나는. 딸의 말을 듣고 구원을 받다니.

하지만 안나가 나를 용서해주는 그 말은, 내 가슴속에 내내 응어리져 있던 죄책감 덩어리를 조금이나마 녹여주었다.

"······안나. 네 덕분에 드디어 결심했어. 이 싸움이 끝나면 엘자와 메릴에게도 진실을 가르쳐줄 거야."

"그러기 위해서라도 꼭 이겨야겠네."

"──맞아."

에인션트 드래곤을 해치워서 과거의 질긴 인연을 끝낸다. 그리고 우리는 진정한 가족으로서 앞으로 나아가기 시작하는 것이다.

제42화

이튿날 아침.

우리는 두에고 화산을 향해 출발했다.

어젯밤에 안나와 대화한 뒤, 나는 조용히 결심했다.

엘자와 메릴에게도 진실을 이야기하기로.

하지만 그 타이밍이 지금은 아니다.

지금 그들에게 진실을 고백하면, 그들은 틀림없이 동요할 것이다. 그러면 에인션트 드래곤과의 전투에 지장을 줄 것이다.

그러니까——.

이 전투가 끝나고 한숨 돌린 다음에 정식으로 이야기할 것이다.

그러기 위해서라도 꼭 이겨서 무사히 도시로 돌아가야 한다.

오전에 우리는 두에고 화산에 도착했다.

나는 모험가 시절에 몇 번 이곳에 온 적이 있었는데, 오늘은 이상하리만치 장기(瘴氣)가 사방에 꽉 차 있었다.

——틀림없다. 그놈은 반드시 이곳에 있을 것이다.

그렇게 직감할 정도로 특별한 무언가가 있었다.

바로 그때.

하늘을 찌를 듯한 사악한 포효가 울려 퍼졌다.

대기가 부르르 떨렸다.

"앗! 아빠! 저거 봐!"

안나가 손가락으로 가리킨 방향을 봤다.

분화구에서 날아오르는 거대한 검은 그림자.

불길하게 빛나는 황금색 눈동자. 두꺼운 진홍색 비늘. 위압감 넘치는 거대한 체구. 날카로운 발톱과 근육으로 가득 찬 꼬리.

잊을 수 없었다.

잊을 수 있을 리 없었다.

내 망막에 18년 동안 새겨져서 사라지지 않았던 모습.

——에인션트 드래곤.

분화구에서 날아오른 그놈은 곧장 이쪽으로 날아왔다.

지상에 내려오더니, 저 멀리 높은 곳에서 우리를 내려다봤다.

"……우리의 존재를 눈치챘던 건가?"

『물론이다. 이곳은 나의 앞마당. 너희들처럼 힘 있는 자가 들어오면, 나는 그것을 감지할 수 있다.』

"이 마물…… 인간의 언어를 이해하네?"

그렇다——.

에인션트 드래곤은 높은 지능을 가진 마물이었다.

그때도 그랬다.

『……너는 그때 그 모험가인가.』

"나를 기억하나?"

『나를 그 정도로 궁지에 몰아넣은 모험가는 예나 지금이나 너 하나밖에 없다. ……결국 그때의 싸움을 계속하러 온 건가.』

"그렇다. 오늘은 반드시 네 숨통을 끊어놓을 것이다."

『흥. 그게 그리 쉬울까? ——보아하니 너는 나이를 먹은 것 같은데. 모험가로서의 전성기는 벌써 옛날에 지나갔을 터.』

에인션트 드래곤은 호전적인 미소를 지었다.

『나에게는 십수 년 따위, 한순간에 지나지 않지만, 인간에게는 그렇지 않지. 전성기가 지나버린 육체로 나를 이긴다는 것은 불가능하다고 생각하는데.』

"나 혼자라면 그럴지도 모르지. 그러나…… 이제 나에게는 가족이 있다. 더없이 소중한 딸들이. 우리가 힘을 합치면, 너라도 이길 수 있어."

『재미있군. 그렇다면――그 힘을 나에게 증명해 보여라!』

에인션트 드래곤은 위압적으로 포효하더니 화염을 토해냈다.

딸들의 고향을 불살라버린 무시무시한 업화.

그것이 우리를 뼈까지 통째로 태워버리려고 했다.

그러나――.

"워터 스플래시!"

메릴이 발동시킨 물 속성의 상급 마법이 화염을 막아냈다. 압축된 물의 소용돌이가 화염과 부딪쳐 상쇄되더니 순식간에 안개로 변했다.

"우후후―. 화염을 막아내는 것 정도는 나한테는 쉬운 일이지! 아빠, 아빠―. 나 많이 칭찬해줘―."

"그래. 이 전투가 끝나면."

『호……. 제법 실력 있는 마법사인가 보군. 하지만――그렇다면, 마법을 발동시키기 전에 해치우면 그만이다!』

에인션트 드래곤은 목표물을 바꾸더니 거대한 발톱으로 메릴을 내리쳤다.

"끼약?! 나한테 왔어—!"

"제가 맡을게요!"

메릴 앞에 끼어든 엘자가 적의 발톱을 검으로 받아냈다.

대기를 가르고 그 풍압으로 초목을 쓰러뜨릴 정도로 강력한 일격——그러나 엘자는 그것을 미동도 하지 않고 완벽하게 막아냈다.

『윽……! 내 공격을 막아내다니……?』

"아버님의 지도를 받으면서 오늘까지 계속 단련을 해왔습니다! 소중한 제 가족은, 털끝 하나도 건드리게 놔두지 않을 겁니다!"

"아빠! 지금이 기회야! 에인션트 드래곤은 마법 내성이 강하지만, 번개 마법을 쓰면 공격이 잘 먹힐 거야!"

안나가 마차에서 조언을 해줬다.

안나도 분명히 오늘을 위해서 에인션트 드래곤에 관한 문헌을 조사했을 것이다. 그 결과 약점을 알아낸 것이다.

"메릴! 물 마법으로 엄호해줘!"

"오케이—! 아빠와의 공동 작업이다—!"

나와 메릴은 동시에 마법 공격을 개시했다.

메릴이 물 탄환을 명중시켜서 에인션트 드래곤의 몸뚱이를 온통 축축하게 만들었고, 곧바로 내가 거기에 대고 번개 마법——선더 애로를 발사했다.

연달아 사출된 번개 화살이 에인션트 드래곤을 찔렀다.

『크아아아아아아아아악?!』

좋아! 효과가 있다!

그때 나 혼자서는 아무리 애써도 호각으로 싸우는 것이 고작이었다.

그러나――.

가족이 다 함께 싸우면, 에인션트 드래곤을 상대로도 충분히 승산이 있었다.

나와 엘자가 전위를 맡고, 메릴이 뒤쪽에서 잇따라 마법 공격을 퍼붓는다. 안나는 우리를 관찰하면서 적확한 지시를 내린다.

서서히, 그러나 확실하게 에인션트 드래곤의 체력을 깎아 나갔다.

기민했던 그놈의 움직임이 차츰 둔해졌다. 그리고 우리가 공격을 성공시킬 때마다, 무적의 방패로 기능하던 그 두꺼운 비늘이 떨어져 나갔다.

『이럴 수가……. 이럴 리 없어……. 내가, 고작 인간에게 밀리다니……!』

"하아아앗!"

엘자의 일격이 그놈의 균형을 무너뜨렸다.

"좋은 기회―♪"

메릴이 흙 마법을 발동시켰다. 땅속에서 힘차게 기어 나온 가시나무가 에인션트 드래곤의 온몸을 칭칭 휘감아 구속했다.

에인션트 드래곤은 벗어나려고 몸부림쳤지만 결국 도망치지 못했다.

"아빠! 엘자! 메릴! 지금이야! 저놈에게 결정타를 가해!"

안나가 천재일우의 기회를 보아 소리쳤다.

그와 동시에 나와 엘자, 메릴이 한꺼번에 움직이기 시작했다.

그날 이후로 18년 동안.

단 한 번도 네놈을 잊어버린 적이 없었다.

너를 해치우지 못해서 생겨난 후회를, 갈등을, 이 가슴속에 쌓아왔다.

그것을 지금——전력으로 해방한다!

"이걸로 끝이다!"

"하아아아아아아앗!"

"이야아아아압!"

우리 가족의 힘을 일제히 모아서 이루어낸 합체 공격——.

모든 마음을 다 담은 그 일격은, 무려 수천 년 동안이나 단 한 번도 뚫리지 않았던 에인션트 드래곤의 두꺼운 비늘을 꿰뚫었다.

『커헉……?!』

반응이 있었다.

에인션트 드래곤이 신음을 냈다. 그 거체가 크게 흔들렸다. 그는 눈을 뒤집으면서 마치 산이 무너지듯이 바닥에 쿵 쓰러졌다.

에인션트 드래곤의 목에 칼끝을 들이댔다.

"이번에야말로, 내가…… 우리가 이겼다."

……긴 세월이었다.

이날을 쭉 간절하게 기다렸다.

드디어 과거의 인연을 끊어버리는 데 성공했다.

내 마음속에서 만감이 교차했다.

에인션트 드래곤은 당장이라도 빛이 사라질 듯한 눈동자로 우리 딸들을 보았다.

『거기 있는 네 동료들……. 저 소녀들은 혹시, 그날 내가 태워버린 마을의 생존자인가……?』

"그래. 맞다."

『그런가……. 나도 결국, 해치우지 못했던 건가…….』

"……무슨 소리야?"

『……내가 기나긴 잠에서 깨어난 것은, 저 소녀들이 태어났기 때문이다. 나는 저 소녀들을 죽이기 위해 그 마을을 습격했다. 그것이 임무였다.』

"뭐라고──?!"

그동안 나는 내가 와이번과 격렬하게 싸웠기 때문에 이놈이 깨어난 줄 알고 있었다.

그런데──.

"……저 아이들을 죽이는 것이, 너의 임무였다고?"

『그렇다.』

에인션트 드래곤이 말했다.

『저 소녀들은 본디──태어나면 안 되는 자들이었다.』

뭐?

"이봐! 그게 무슨 뜻이야?!"

『언젠가 저절로 알게 될 것이다. 이 세계에서 계속 살아가는 한. 저 소녀들에게 평화가 찾아오지는 않을 것이다.』

에인션트 드래곤은 오만한 미소를 지었다. 그 후 거대한 몸뚱이가 세찬 빛을 뿜어내더니, 그대로 빛의 입자로 변해서 허공에 녹아 사라져갔다.

그를 아무리 불러도 소용없었다.

정신을 차려 보니 주변에는 더 이상 아무것도 남아 있지 않았다.

나는 망연자실했다. 그때 딸들이 이쪽으로 뛰어왔다.

"아버님! 방금 그놈과 무슨 이야기를 하시지 않았나요?"

"그 녀석. 뭐라고 했어?"

"우리한테도 가르쳐줘—."

"어, 아니……."

평생의 숙원이었던 에인션트 드래곤 토벌에 성공했다. 그로 인해 드디어 과거의 지독한 인연에서 해방된 줄 알았다.

그러나 또 새로운 응어리가 생기고 말았다.

에인션트 드래곤이 죽어가면서 남긴 말…….

그것은 도대체 어떤 의미였을까?

제43화

에인션트 드래곤을 무사히 토벌하고 왕도로 귀환했다.

에인션트 드래곤 토벌은 임무가 아니었으므로, 토벌 보수나 명예 같은 것은 얻지 못했다.

하지만 나로선 전혀 문제 될 것이 없었다.

처음부터 돈이나 명예를 위해 그놈을 추격했던 것이 아니니까.

나는 내 가슴속에 오랫동안 존재해온 후회의 감정을 없애고 싶었다.

게다가──.

그놈을 토벌함으로써, 딸들의 고향 사람들처럼 누군가가 받았을지도 모르는 피해를 예방하는 데 성공했다고 생각하면 더더욱 괜찮았다.

그러나…….

죽어가는 에인션트 드래곤이 했던 말.

『나는 저 소녀들을 죽이기 위해 그 마을을 습격했다. 그것이 임무였다. ──저 소녀들은 본디 태어나면 안 되는 자들이었다.』

그 말이 머릿속에 그을음처럼 들러붙어 떨어지지 않았다.

『언젠가 저절로 알게 될 것이다. 이 세계에서 계속 살아가는 한. 저 소녀들에게 평화가 찾아오지는 않을 것이다.』

왕도에 귀환한 지 며칠이 지난 어느 날 밤.

나는 엘자와 메릴에게 진실을 고백하기로 마음먹었다.

"엘자. 메릴. 시간 좀 있니?"

우리 집 거실.

나는 두 사람을 불러서 맞은편 자리에 앉혔다. 좀 떨어진 곳에 서 있는 안나가 다소 걱정스럽게 그 모습을 지켜보고 있었다.

"아버님, 무슨 일이신가요?"

"혹시 나랑 같이 자고 싶어서 그러는 거야—?"

"얘들아. 내 이야기 좀 들어봐."

나는 말을 꺼냈다.

"지금까지 말하지 않았던 진실에 관해, 제대로 이야기를 하고 싶어."

""…………?""

내 말투 때문에 심상찮은 분위기를 감지했나 보다.

두 사람은 순순히 자리에 앉았다.

그리고 내가 입을 열어 이야기를 시작하기를 가만히 기다리고 있었다.

"……너희 둘 다 알다시피 우리 집에는 어머니가 안 계신다. 그 이유가 뭔지, 너희가 대놓고 물어본 적은 없었지."

아마도 우리 딸들 나름의 배려였을 것이다.

이에 안주하면서 나도 그동안 이야기를 하지 않았었다.

좋은 게 좋은 거지, 하고 지금까지 대충 넘겨왔다.

"그러니까 지금 여기서 이야기하고 싶어. 진실을."

나는 두 사람의 눈을 물끄러미 응시했다.

엘자와 메릴은 너무 갑작스러워서 당황한 것 같았다.

아마 두 사람은 이렇게 생각했을 것이다.

왜 지금 와서 그걸 밝히는 걸까.

18년 동안 쭉 숨겨왔으면서.

이윽고 두 사람은 각오한 듯한 표정으로 고개를 끄덕였다.

"아버님, 말씀해주세요."

"우리는 진지하게 들을게."

"……그래."

나도 각오를 굳히고, 느릿느릿 이야기를 시작했다.

나와 딸들은 피가 이어지지 않았다는 것.

젊은 시절에 내가 임무를 수행하러 갔다가 에인션트 드래곤을 완벽하게 쓰러뜨리지 못하는 바람에, 우리 딸들의 고향이 불바다로 변해버렸다는 것.

가옥이 불타고 잿더미와 죽음만 남아버린 그 대지에서, 세 명의 갓난아이를 주웠다는 것. 그리고 유일한 생존자인 그 아이들을 거두기로 했다는 것.

그 갓난아이들이 현재의 내 딸들이라는 것.

모든 것을 숨김없이 다 털어놨다.

"그동안 계속 숨겨서 미안했다."

나는 두 사람을 향해 고개를 숙였다.

두 사람은 얼떨떨한 표정을 짓고 있었다.

그러는 것도 당연했다.

갑자기 이런 이야기를 들어도, 금방 이해하기는 어려울 것이다.

"안나, 당신은 이 사실을 알고 있었나요?" 하고 엘자가 물어봤다.

"응. 하지만 둘을 혼란에 빠뜨리면 곤란하니, 내내 입 다물고 있었어. 아빠가 스스로 이야기하실 때까지 기다리기로 한 거야."

"……안나. 당신은 성숙한 어른이네요."

엘자는 그렇게 중얼거렸다. 그리고 잠시 후 입을 열었다.

"아버님이 이 사실을 숨긴 것은…… 저희를 위해서 그러신 거잖아요? 이걸 고백하면, 저희가 동요할 테니까요."

"맞아. 하지만 그게 다가 아니야."

나는 정직하게 이야기했다.

"……실은 나도 진실을 고백하는 것이 무서웠어. 진짜 부모 자식이 아니란 사실을 알게 되면, 너희의 마음이 멀어질지도 모르니까. 지금까지는 가족이었던 관계가, 진실을 알게 됨으로써 더 이상 가족이 아니게 될지도 모르니까. 그게 무서웠던 거야."

"그럼…… 왜 지금에 와서 고백하신 거예요?"

"나는 너희들과 함께 지내면서 생각했어. 설령 피가 이어지지 않아도 우리는 가족이 될 수 있을 거라고. 나는 너희들을 정말 좋아한다. 엘자도 안나도 메릴도 나에게는 더없이 소중하고 자랑스러운 딸들이야. 세상에서 제일, 그 누구보다도 사랑한다고 진심으로 단언할 수 있어. 너희를 지키기 위해서라면 내 목숨도 아낌없이 내놓을 기야. 이 세상의 모든 사람과 싸우게 되더라도 상관없어."

처음에는 속죄하려는 마음도 있을지 모른다.

에인션트 드래곤한테서 그 마을을 지켜주지 못했으므로, 적어도 살아남은 이 아이들만이라도 잘 키워야겠다는 식으로.

그러나 오랜 시간 동안 함께 지내면서 저절로 정이 붙었다.

사랑스러움을 느끼게 되었다.

이제는 이 소녀들을 친딸보다 더 소중한 존재로 여기고 있었다. 자기 목숨과 맞바꿔서라도 꼭 행복하게 해주고 싶다고 진심으로 생각했다.

"우리들 사이에 혈연관계는 없어. 하지만 그런 것이 없어도, 가족으로 살 수 있다고 생각했어. 우리는 틀림없이 진짜 혈연관계인 가족 못지않게, 아니, 그보다도 더 멋진 가족이 될 수 있을지 몰라. ……그렇게 되고 싶다고 생각했어. 그래서 너희에게 진실을 말하기로 한 거야."

나는 딸들의 눈을 바라보면서 말했다.

"제발, 그동안 비밀로 했던 것에 대해 사과하게 해줘. 정말 미안했다."

"아버님, 말씀해주셔서 감사합니다. 그동안 쭉…… 그런 마음을 쭉 가슴속에 품고 살아오시느라 힘드셨지요?"

엘자는 위로하는 듯한 표정을 짓고 있었다.

화내는 것도 아니고 슬퍼하는 것도 아니었다.

나에 대한 자애와——애정으로 가득 찬 표정이었다.

"저와 아버님은 피가 이어지지 않았을지도 모릅니다. 그러나 저는 검을 통해 아버님께 많은 것을 배웠습니다. 그것은 제 안에 분명히 살아 있습니다. 저는 아버님의 딸이 될 수 있었던 것을 크나큰 행복이라고 생각해요."

"엘자……."

"나도 엘자와 같은 마음이야. 아빠가 우리 아빠가 아니었으면, 하루하루가 이렇게 즐겁지는 않았을 거야."

"메릴……."

"게다가 아빠가 진짜 아빠가 아니란 것을 알게 되어서 난 오히려 기뻐. 이제는 결혼할 수 있는 거잖아?"

메릴은 농담하듯이 웃었다.

"아버님."

엘자가 말했다.

"저희는 틀림없이 아버님의 딸입니다. 설령 피가 이어지지 않았어도. 저희는 지금까지도, 또 앞으로도 계속 가족일 거예요."

엘자의 말에 메릴과 안나도 웃으면서 고개를 끄덕였다.

"……고맙다. 얘들아."

나는 그 말을 듣고, 나도 모르게 눈가를 꾹 눌렀다.

"앗, 아빠. 울어—?"

"후후, 아빠가 우리들 앞에서 우는 것은 처음이네."

"그러는 안나, 당신도 울고 있잖아요."

"엘자, 당신두 마찬가지잖아."

"에헤헤. 모두 다 울고 있네?"

그러면서 메릴이 즐겁게 웃었다.

우리는 다 함께 하나같이 눈물을 글썽이고 있었다.

슬퍼서 그런 것이 아니었다.

에인션트 드래곤은 말했었다.

──이 소녀들은 본디 태어나면 안 되는 자들이었다고.

그럴 리가 없다.

나는 우리 딸들이 태어나줘서 고맙다고 진심으로 말할 수 있다.

이 소녀들의 정체가 무엇인지, 그런 것도 전혀 중요치 않다.

엘자와 안나 그리고 메릴은 내가 사랑하는 소중한 딸들이다.

그거면 충분했다.

앞으로 이 아이들에게 어떤 고난이 닥쳐오더라도, 나는 아버지로서 이 아이들을 꼭 지킬 것이다.

과보호 부모라고 비웃어도 좋다.

우리 딸들은 내가 목숨을 바쳐서라도 행복하게 만들어줄 거다. 반드시.

그렇게 속으로 굳게 결심했다.

아침.

출근 시간이 됐는데도 엘자는 자택에 있었다. 허리를 꼿꼿이 편 자세로 거실 테이블 앞의 의자에 앉아 있었다.

나는 신경 쓰여서 말을 걸었다.

"엘자. 슬슬 나가지 않으면 지각하는 거 아냐? 기사단장이 지 각하면 타의 모범이 되지 못할 텐데."

"아, 저…… 오늘은 휴가를 받았습니다."

"휴가?"

"네, 여왕 폐하께서 저를 부르셔서 '요새 당신은 일을 너무 많 이 하는 것 같아요. 하루 정도는 푹 쉬어요'라고 하셨습니다."

"그랬구나."

"저는 이 정도는 아무것도 아니라고 말씀드렸습니다만……. 몸 을 쉬게 해주는 것도 기사의 임무라는 말을 들었습니다."

엘자는 워낙 성실하니까.

그냥 내버려 두면 끝도 없이 열중하는 타입이다. 여왕 폐하는 엘자가 어떤 사람인지 잘 아시는 것 같았다.

"그래서 오늘은 일단 단련이라도 해볼까 하는데요."

"아니, 잠깐만. 여왕 폐하께서도 말씀하셨잖아? 몸을 쉬게 해 주는 것도 기사의 임무라고. 그런데 단련이라니, 휴가를 받은 의 미가 없잖아."

"으……. 하지만 이렇게 갑자기 휴가를 받아도, 뭘 하면 좋을지 몰라서……. 저에게는 오직 검과 단련밖에 없는걸요."

"그럼 나와 함께 외출할래?"

"──네?"

"마침 나도 오늘은 시간이 있거든. 엘자, 너만 괜찮다면 같이 시내로 나가볼까?"

"아, 아버님과 단둘이요……?!"

"다 큰 처녀가 아버지와 단둘이 있는 것은 역시 좀 부끄러운가?"

"아, 아닙니다! 그럴 리 없죠! 제발 함께 있게 해주세요!"

엘자가 몸을 쑥 내밀면서 적극적으로 말했다.

아마도 나를 경원시하는 것은 아닌가 보다.

다행이다.

다 큰 딸이 아버지를 싫어하는 경우는 드물지 않다고 하지만, 그래도 사랑하는 딸이 노골적으로 나를 경원시하면 나도 상처받을 것이다.

"그래? 좋아. ──아, 이왕이면 저번에 안나, 메릴과 같이 외출했을 때 샀던 옷을 입는 건 어때?"

"그, 그 옷을요?"

엘자는 낭패한 표정을 지었다.

"하지만 그 옷은 저에게는 어울리지 않는 느낌이 들어서……."

"잘 어울린다고 생각하는데? 게다가 이런 때 입지 않으면 기회가 없잖아? 평소에는 기사단 갑옷을 입고 다니니까."

"아버님이 제 옷을 잘 어울린다고 칭찬해주시다니……."

엘자의 뺨이 연분홍색으로 발그레해졌다.

"――다, 당장 갈아입고 올게요!"

그 말을 남기고 엘자는 자기 방으로 쏙 들어갔다.

그리고 잠시 후, 전에 샀던 예쁜 옷을 입은 엘자가 돌아왔다.

"음. 역시 잘 어울리네."

"그, 그런가요……?"

"객관적으로 봐도 아주 잘 어울려."

참고로 아버지로서의 주관적 시선으로 보자면 이 세상에서 최고로 예뻤다.

완전히 팔불출이었다.

그런데…… 엘자에게 언젠가 남자 친구가 생기면, 이런 모습으로 애인과 데이트하러 가는 건가.

――그 광경을 상상하자 왠지 마음이 복잡해졌다. ……아냐, 안 돼. 이제 슬슬 자식을 놓아줘야지.

우리는 집을 나와 번화가로 향했다.

"그 옷을 입어도 검은 빼놓지 않는구나."

"유사시에 즉시 대처할 수 있어야 하니까요."

거리를 걷고 있는데 온갖 사람들이 말을 걸었다.

내가 아니라――엘자에게.

대중음식점 앞에서 빗자루를 들고 청소하던 부부가 엘자를 보더니.

"앗! 엘자 기사단장님 아니세요?!"

"저번에는 우리 가게에서 일어난 싸움을 중재해주셔서 정말 감사합니다! 그 덕분에 살았어요!"

"아뇨. 기사로서 당연히 해야 할 일을 했을 뿐입니다."

아마도 이 가게 손님들의 싸움을 말렸나 보다.

한동안 걷다 보니 이번에는 가정주부처럼 보이는 사람이 말을 걸었다.

"엘자 씨. 일전에 지붕 수리를 도와주셔서 감사합니다. 그 후로 누수도 사라졌어요!"

이 여자의 집 지붕을 수리하는 일을 도와줬나 보다.

그런 일까지 했구나.

또 이번에는 할머니가 엘자에게 말을 걸었다.

"엘자야. 저번에는 미안했다. 너한테 심부름을 시켜서. 그날따라 유난히 내 다리가 아파서……."

"아뇨. 미안해하지 마세요. 다음에도 또 말씀해주시면 언제든지 갈게요. 시민 여러분을 도와드리는 것이 저희의 일이니까요."

"우후후. 그럼 다음에는 특제 팥 찰떡을 준비해놓고 기다릴게."

"네. 기대할게요."

다리가 불편한 할머니를 대신해서 엘자가 물건을 사러 갔었구나.

"엘자, 너 인기 많다."

"그런가요?"

"응. 모두 너를 보면 얼굴이 환해지는걸. 엘자가 시민들에게 사랑받는다는 증거야."

나는 그렇게 말했다.

"열심히 일하고 있구나. 훌륭해."

"저는 그저 기사로서 시민 여러분을 도와드리고 싶었을 뿐이지, 특별히 훌륭한 일을 한 것은 아니에요."

엘자는 겸손하게 대답했다.

"아니, 그건 아니야. 엘자 기사단장님 덕분에 이 왕도는 달라졌어."

그때 우리의 대화를 듣고 있던 노인이 끼어들었다.

"이전의 기사단은 귀족과 왕족만 신경 쓰고, 우리들 같은 서민한테는 관심도 없었어. 무슨 문제가 생겨도 무조건 너희들끼리 알아서 해결하라고만 했지. 그래서 치안도 좋지 않았어. 하지만 엘자 씨가 기사단장이 된 다음부터는 서민에게도 제대로 대응해주게 되었지. 기사단 전체가 다시 태어난 거야. 그 결과, 왕도의 치안도 극적으로 좋아졌지."

"아하. 그랬군요……"라고 나는 중얼거렸다.

엘자가 왕도로 간 이후에도 근황 보고 편지는 받았었다.

하지만 그런 내용은 적혀 있지 않았다. 엘자는 겸허한 성격이니까, 자신의 공적을 과시하는 걸 꺼렸을지도 모른다.

"기사단은 왕도를 수호하기 위해 존재합니다. 그렇다면 왕도 주민을 지키는 것도 당연한 일이지요. 전임 기사단장은 그렇게 생각하지 않았던 모양이지만……. 제가 기사단장이 되고 나서는 그 사상을 쇄신하려고 했습니다. 물론 체제 개혁에 대한 반발은 굉장했지만요……. 그것도 필요한 일이었으니까요."

조직의 체제를 바꾸려고 하면 당연히 내부에서는 심한 반발이 일어난다.

인간은 변화를 두려워하니까.

풍파를 일으키고 싶지 않다면, 그냥 내버려 두고 못 본 척하는 것이 낫다. 아무것도 안 하면 자기 자신은 유복한 생활을 할 수 있으므로.

그러나 엘자는 사람들이 반발하리란 것을 알면서도 개혁에 나섰다. 그것은 커다란 용기가 필요한 일이었을 것이다.

"당신이 기사단장이라서 우리가 평화롭게 살아갈 수 있는 거야. 정말 고마워."

그러면서 노인은 엘자의 손을 붙잡고 감사 인사를 했다.

"아뇨. 별말씀을……."

쑥스러워하면서도 엘자는 미소를 짓고 있었다.

"엘자. 뭐 갖고 싶은 거 있니?"

노인이 떠난 뒤, 나는 입을 열었다.

"네?"

"넌 열심히 일하고 있으니까. 가끔은 상을 받아도 되지 않을까? 뭐든지 네 마음에 드는 것을 사줄게."

"아뇨, 하지만……."

"사양하지 마. 나도 기뻐서 그래. 우리 딸이 이 세상을 위해, 사람들을 위해 열심히 일하고 있다는 사실을 알게 되어서."

내 말에 엘자는 수긍한 것 같았다.

"그럼 잘 부탁드릴게요. 아버님."

그렇게 말했다.

"응, 그래. 뭐든지 다 사줄게. 옷이 필요하니? 아니면 가방? 아, 그러고 보니 요새 큰길 쪽에 인기 있는 디저트 가게가 생겼다던데."

"그렇군요. 그럼……."

☆

"……엘자, 진짜로 이거면 되는 거야?"

"네! 정말 신나요!"

우리가 방문한 곳은 무기점이었다.

내가 엘자에게 뭐든지 원하는 것을 사주겠다고 제안하자, 엘자가 "그럼……" 하고 나를 데려온 곳이 이 가게였다.

엘자는 팔 보호구를 사 달라고 나에게 부탁했다.

"안 그래도 팔 보호구가 낡아서 바꾸고 싶었어요."

……당연히 옷이나 디저트를 사 달라고 할 줄 알았는데.

상상도 못 한 선택이었다.

아니, 엘자의 경우에는 오히려 이게 당연한 건가.

"저, 그래서…… 혹시 괜찮으시다면."

그러면서 엘자는 수줍게 말했다.

"아버님도 괜찮으시면, 같은 물건을 구매하시지 않을래요?"

"응? 나도?"

"네. 이런 것을 페어 룩이라고 한대요. 사이좋은 사람 둘이서, 똑같은 물건을 착용하는 것이 유행인가 봐요."

아마 그것은 옷이나 액세서리 같은 것일 텐데…….

팔 보호구 페어 룩이란 것은 들어본 적도 없었다.

하지만 귀여운 우리 딸의 부탁이니까.

"그렇구나. 좋아, 나도 엘자와 같은 팔 보호구를 사볼까?"

"정말로요?!"

"응. 똑같은 물건이라고 생각하면 애착도 느껴질 테니까."

나는 내 것까지 포함해서 두 사람 몫의 팔 보호구를 샀다.

포장된 팔 보호구를 엘자에게 건네주자, 엘자는 기뻐하면서 그것을 받았다. 그러고는 마치 보물을 다루는 것처럼 소중하게 꼭 끌어안았다.

"아버님. 감사합니다……! 덕분에 내일도 힘내서 일할 수 있을 것 같아요."

"아무튼 네가 기뻐해서 다행이다."

"아버님과 같은 팔 보호구를 착용하면, 언제나 아버님이 곁에 있는 느낌이 들어서 안심이 돼요. 그 누구에게도 안 질 것 같아요……!"

이 아이는 쉬는 날에도 줄곧 검에 관한 생각만 하는구나.

그것은 강해지고 싶다는 마음 때문일 텐데, 그 밑바탕에 존재하는 것은 '자신의 검으로 소중한 사람들을 지키고 싶다는 의지'일 것이다.

엘자의 감성은 그 나이 또래의 평범한 아이들과는 달랐다.

하지만 그래도 괜찮다고 생각한다.

엘자가 스스로 정한 인생이니까. 나는 그저 지켜볼 뿐이다.

후기

처음 뵙겠습니다. 또는 오랜만에 뵙습니다. 토모바시 카메츠입니다.

이 작품은 『최강 딸들과 최강 아버지』의 이야기입니다.

딸은 참 좋죠…….

아무리 몸과 마음이 지쳤어도, 출근할 때 귀여운 딸이 "아빠! 힘내세요!"라고 활짝 웃으면서 보내주면 '우리 딸을 위해서라도 힘내야지……!'라고 생각하게 될 겁니다. 딸의 웃는 얼굴이 그 무엇보다도 커다란 위안이 될 테니까요.

그리고 저는 이미 딸의 결혼식에서 엉엉 울 준비가 되어 있습니다.

행복한 얼굴로 첫 손자를 안아볼 준비도.

단, 저에게는 딸이 없습니다. 애초에 아내가 되어줄 사람도 없고요. 어둑어둑한 감옥 같은 방 안에서 날마다 썩은 동태눈으로 키보드를 두드리는 나날이 계속되고 있습니다. 이게 뭘까요. 좋게 말해서 지옥인가?

어느 냇가로 빨래를 하러 가야 귀여운 딸이 둥둥 떠내려올까요? 혹시 아시는 분이 있다면, 저에게 편지를 보내주시면 감사하겠습니다.

네, 이제 감사의 말씀을 올리겠습니다.

담당 편집자 H님. 이번에도 저를 선택해주셔서 감사합니다! 정말 엄청나게 신세를 지고 있습니다. 너무 감사해서 고개를 들지 못할 정도예요.

노조미 츠바메 선생님. 멋진 일러스트를 그려주셔서 감사합니다! 다른 작품의 일러스트를 담당하셨을 때부터 팬이었습니다. 그래서 제 작품의 일러스트를 담당해주신다는 이야기를 들었을 때는 너무나 기뻤습니다! 실은 지금도 기뻐요.

그리고 이 작품 출판을 도와주신 모든 분께 진심으로 감사드립니다!

특히 독자 여러분께 가장 큰 감사를 드리고 싶어요.

조금이라도 재미있게 보셨다면 더할 나위 없이 기쁠 겁니다.

2권도 나오면 참 좋겠어요.

그럼 다음에 또 만나요!

S RANK BOUKENSHYA DE ARU ORE NO MUSUME TACHI WA
JYUUDO NO FATHER COMPLEX DESITA Vol.01
©2020 Kametsu Tomobashi
First published in Japan in 2020 by OVERLAP, Inc.
Korean translation rights reserved by Somy Media, Inc.
Under the license from OVERLAP, Inc., Tokyo JAPAN

S랭크 모험가인 내 딸들은 심각한 파더콤이었습니다 1

2021년 03월 15일 1판 1쇄 발행
2022년 01월 15일 1판 2쇄 발행

저　　　자 토모바시 카메츠
일 러 스 트 노조미 츠바메
옮 긴 이 한수진
발 행 인 유재옥
본 부 장 조병권
편 집 1 팀 김혜연 박소연 이준환
편 집 2 팀 박치우 정영길 조찬희 조현진
편 집 3 팀 곽혜민 오준영 이해빈
라이츠담당 이다정 이승희 한주원
디 지 털 박상섭 이성호 최서윤
미　　　술 김보라 박민솔
발 행 처 ㈜소미미디어
인쇄제작처 ㈜코리아피엔피
등　　　록 제2015-000008호
주　　　소 서울시 마포구 토정로222, 403호 (신수동, 한국출판콘텐츠센터)
판　　　매 ㈜소미미디어
마 케 팅 최수아 박종욱
경　　　영 박나리 한민지
전　　　화 (02)567-3388, Fax (02)322-7665

ISBN 979-11-6611-500-4
ISBN 979-11-6611-499-1 (세트)